باسی پھول

(افسانے)

علی عباس حسینی

Baasi Phool *(Short Stories)*
by: Ali Abbas Hussaini
Edition: January '2025
Publisher :
Taemeer Publications LLC (Michigan, USA / Hyderabad, India)

ISBN 978-93-6908-284-1

کتاب	:	**باسی پھول** (افسانے)
مصنف	:	**علی عباس حسینی**
صنف	:	فکشن
ناشر	:	تعمیر پبلی کیشنز (حیدرآباد، انڈیا)
سالِ اشاعت	:	۲۰۲۵ء
صفحات	:	۱۰۲
سرورق ڈیزائن	:	تعمیر ویب ڈیزائن

فہرست

باغی کی بیوی

اُن دنوں رادھا کے لیے کچھ کم تکلیفیں نہ تھیں۔ ڈیڑھ دو سو روپے مہینے خرچ کرنے کی جگہ وہ آج کل پیسے پیسے کو محتاج تھی۔ بچوں کے کپڑے میلے، چکٹ ہو ہو کے پھٹ چکے تھے۔ انہیں رات دن رفو کرتے کرتے اور گھر پر دھوتے دھوتے اس کے نازک ہاتھوں میں گھٹّے پڑ گئے تھے۔ برتن باسن مانجھنے کے لیے بوڑی مہری جو میکے سے ساتھ آئی تھی اب بھی موجود تھی، اور مہینوں سے بالکل مفت کام کر رہی تھی۔ پھر بھی رادھا کا ضمیر اس سے یوں مفت کام لینے پر ملامت کرتا۔ وہ اِس لیے چوکا برتن کرنے میں مہری کی برابر شریک رہتی۔ غرض صبح چار بجے سے رات کے گیارہ بجے تک دم مارنے کی فرصت نہ ملتی۔ گود کے بچّے کی خدمت کر لیتی تو بڑا اُٹھتا۔ تھا تو وہ تین ہی برس کا مگر ماں کے ستانے میں چھوٹے کا مقابلہ کرتا۔ اگر وہ گود میں ہوتا تو یہ بھی گود چڑھنے کے لیے رو رو کر جان دیتا۔ اکیلی رادھا، کس کس کو سنبھالے۔ پھر گھر کا کام کاج پیسہ نہ ہونے پر ہر صبح اس کی فکر کہ آج آٹا کہاں سے آئے اور بنیے کو قرض دینے پر کس طرح راضی کیا جائے۔ ترکاری والے نے کل مہری کو بُرا بھلا کہا تھا کہ اب بغیر پیسہ لیے ہوئے دُکان پر نہ آنا۔ پیسہ کہاں سے اور کس سے منگایا جائے۔ کون سی چیز رہن رکھی جائے۔ کون سا گہنا بیچا جائے۔ رادھا یہ سب باتیں انگیز کر رہی تھیں۔ ہندوستان کی عورتوں کو آئے دن یہ سب کرنا پڑتا ہے۔ صدیوں سے اُن کی یہی زندگی ہو رہی ہے۔ رادھا گو بڑے گھر کی بیٹی تھی مگر اُس کی رگوں میں بیسیوں ایسی بیویوں کا خون تھا جنھیں یہ سب جھیلنا پڑا تھا۔ اس کا شوہر مہیشور چھ مہینے سے پٹنہ میں بیکار پڑا تھا۔ ریلوے کی ملازمت اس نے اسٹرائک کے سلسلے میں کھو دی تھی۔ دو چار مہینے تو گھر کا اندوختہ خرچ ہوتا رہا۔ اب بالکل ہی ہاتھ خالی ہو گیا تھا، پھر بھی

رادھا نے ہمت نہ ہاری تھی۔ وہ شوہر کی اطاعت، بچوں کی خدمت اور گھر کے کام کاج میں لگی ہوئی تھی۔ وہ جانتی تھی کہ اس کا بھی دن پھرے گا۔ وہ اسی روز کی منتظر ساری تکلیفیں برداشت کر رہی تھی۔ مگر شوہر کی حرکتوں نے اُسے حد درجہ پریشان کر دیا تھا۔ وہ ادھر ایک مہینے سے دن میں گھر سے باہر ہی نہ نکلتا تھا۔ البتہ شام ہوتے ہی چلا جاتا، اور کبھی بارہ بجے کبھی ایک بجے گھر پلٹتا۔ اُس کے چہرے سے پریشانی اور فکر کی جگہ اب وحشت کے آثار ظاہر ہوتے تھے۔ وہ دن رات کچھ سوچا کرتا اور آہستہ آہستہ اپنے سے باتیں کرتا تھا۔ رادھا نے دو چار روز تو خاموشی سے یہ حالت دیکھی۔ پھر ایک روز پوچھ بیٹھی کہ کیا معاملہ ہے؟ تم روزانہ شام کو کہاں جاتے ہو اور اتنی دیر تک کہاں رہتے ہو؟

مہیشور نے یہ کہہ کے بات ٹال دی کہ ''کچھ نہیں، ایک صاحب ریلوے کے افسر ہیں اُن سے کچھ کام بننے کی امید ہے، اُنھیں کے یہاں جاتا ہوں۔'' رادھا بھی خاموش ہو رہی، مگر جب اُس نے روز بروز شوہر کی وحشت میں اضافہ ہوتے دیکھا اور یہ محسوس کیا کہ وہ بُرے کام کے لیے تیار ہو رہا ہے تو اس نے چپکے چپکے اس کے تمام حرکات و سکنات کو دیکھنا شروع کیا۔

مہیشور کا دماغی ہیجان ہر روز بڑھتا ہی جاتا تھا، وہ سوچتے سوچتے کبھی ہنس پڑتا تھا۔ کبھی ایک لمبی سانس اس طرح لیتا تھا کہ سیٹی کی سی آواز منہ سے نکل جاتی۔ کبھی سر ہلا کے خود ہی خود کہتا ''ایسوں کی یہی سزا ہے!''

وہ جب اس طرح سوچتا ہوتا تو اگر بڑا یا چھوٹا کوئی بچہ روتا تو اُس کی آنکھیں غصے سے چمکنے لگتیں، وہ دانت پیس کے کہتا ''چپ بے کمبخت، نہیں تو گلا گھونٹ دوں گا۔'' پھر خود ہی چیخ اُٹھتا۔ ''بھگوان ایسے وقت ان بچوں ہی کے دینے کی کیا ضرورت تھی؟''

رادھا مہیشور کی ان حرکتوں کو دیکھتی اور ان باتوں کو سنتی اور اس کا دل بلّیوں اُچھلنے لگتا۔ وہ شوہر پر اپنے خوف کو ظاہر نہ ہونے دیتی، مگر دل ہی دل میں اس ڈر سے کانپتی ہوتی کہ کہیں سوامی کا دماغ نہ خراب ہو جائے۔ کہیں وہ ایسی حرکت نہ کر بیٹھے کہ روپیوں پیسوں اور نوکری کے ساتھ ساتھ لعل سی جان بھی ہاتھ سے جائے۔ وہ جانتی تھی کہ آج کل کے زمانے میں اس شوہر کی طرح کے سینکڑوں نوجوان بیکار ہیں اور ہر ایک اپنی جان سے اور دُنیا سے خفا ہے۔ ہر ایک خطرناک سے خطرناک حرکت کرنے کے لیے تیار ہے۔ مہیشور کی ایسے ہی لوگوں سے دوستی ہے۔ اسے لوگ بہکا کر ہر طرح کے کام کے لیے تیار کر سکتے ہیں۔ اس نے اسی لیے اپنے دل میں یہ طے

کرلیا کہ وہ عمر میں پہلی دفعہ سمجھانے بجھانے کی کوشش کرے گی۔ اس نے اسی لیے ایک رات کو جب مہیشور ایک بجے رات کو مکان پلٹا تو ڈرتے ڈرتے کہا" یہ آدھی رات تک گھر سے باہر رہنا اچھا نہیں ہے۔" مہیشور نے اسے غصّے سے دیکھا اور کوئی جواب نہ دیا۔ رادھا شوہر کی تیکھی چتون سے سہم ضرور گئی، مگر اس نے پھر دل کڑا کر کے سوال کیا۔" اگر رات کی جگہ دن میں باہر جایا کرو تو کیا ہرج ہے؟"

مہیشور نے توڑا ہوا نوالا تھالی میں رکھ دیا۔ غصّے سے بولا۔" تو کیا تم چاہتی ہو کہ میں دن میں بھی گھر میں نہ رہوں؟"

رادھا نے شوہر کو خوشامدانہ انداز سے دیکھا وہ بولی۔" میں یہ نہیں کہتی، مگر کام کاج کرنے یا گھومنے پھرنے کا وقت دن ہے یا رات میں۔ آٹھ نو بجے تک روزانہ دن بھر گھر میں رہنا اور پھر رات کو ایک ایک بجے تک گھومتے رہنا تو کچھ اچھا نہیں۔"

مہیشور نے تھالی کو ٹھوکر ماری اور چوکے سے اُٹھ گیا۔ سچ ہے ایسی زندگی سے موت بھلی ہے! خود اپنی بیوی بھی مرد کی اسی وقت تک عزت کرتی ہے جب تک جیب میں پیسے ہوں! رادھا نے چاہا کہ اسے روک لے، مگر اس نے اُسے اس طرح جھٹک دیا کہ وہ منہ کے بل گرتے گرتے بچی۔ مہیشور تو منہ لپیٹ کے سو رہا، مگر رادھا رات بھر اپنی قسمت اور شوہر کی حالت پر رویا کی۔

صبح سویرے ہی مہیشور اُٹھ کے باہر چل دیا۔ دن بھر نہ آیا۔ رات کے کوئی بارہ بجے آیا اور کھانا مانگا۔ بوڑھی مہری اور بچے سو چکے تھے، مگر رادھا چولھے کے پاس کھانا لیے بیٹھی تھی۔ اس نے جلدی جلدی روٹی، دال اور بھاجی لا کے رکھ دی۔ مہیشور نے کوٹ نہ اُتارا بلکہ سارے کپڑے پہنے جوتا اُتار کے چوکے میں بیٹھ گیا، اور اس انداز سے کھانا شروع کیا جیسے اُسے کسی مہم پر جانا ہے۔ اس نے جلدی جلدی دو چار نوالے حلق سے اُتارے اور پانی پی کے چوکے سے اُٹھ کھڑا ہوا۔ رادھا کو کل کا تلخ تجربہ تھا، اس نے آج ہاتھ تو نہ پکڑا مگر اتنا پوچھا ضرور کہ" کیا ہے؟ کاہے کی جلدی ہے؟"

مہیشور نے کہا:" کچھ نہیں، مَیں ابھی باہر جاؤں گا۔" رادھا گھبرا گئی، شوہر کی خفگی کا ڈر اس کے کسی خطرے میں پڑنے کے خوف کے سامنے بھول گیا۔ وہ جلدی سے ہاتھ پکڑ کے بولی" اتنی رات کو تو میں اب باہر نہ جانے دوں گی!"

مہیشور نے زہر خندہ کیا۔ پھر وہ بولا ''آج مجھے دنیا کی کوئی طاقت نہیں روک سکتی۔ آج مَیں اپنے دُشمنوں سے بدلا لینے جا رہا ہوں۔'' اس نے یہ کہہ کے رادھا کا ہاتھ چھڑانا چاہا۔ اُس نے گرفت اور مضبوط کی ہی تھی کہ چھوٹا بچہ رونے لگا۔ مہیشور نے کہا'' جاؤ دیکھو بھیا رو رہا ہے، اسے چپ کرا کے آؤ تو مجھ سے باتیں کرو۔'' رادھا کی گرفت ڈھیلی ہو گئی اور وہ اُدھر مڑ گئی جدھر اس کا چھوٹا لختِ جگر پلنگ پر تنہا پڑا رو رہا تھا۔ مہیشور نے اس جذبۂ مادرانہ سے فائدہ اُٹھایا اور ہاتھ چھڑا کے گھر کے باہر ہو گیا۔ رادھا کا پچھلا خوف عود کر آیا۔ اُسے یقین ہو گیا کہ سوامی آج جان دینے اور جان لینے جا رہا ہے۔ اس نے لپک کے چھوٹے بچّے کو گود میں اُٹھایا اور اُسے لیے ہوئے شوہر کے پیچھے لپکی۔ اندھیری رات تھی، بادل گھر کے آ گئے تھے، گلیاں سائیں سائیں کر رہی تھیں۔ شوہر کی صورت نہ دکھائی دیتی تھی، مگر وہ محض پاؤں کی آہٹ لیتی ہوئی چلی جا رہی تھی۔ شوہر اس طرف جا رہا تھا جدھر ریلوے لائن تھی۔ ان کا گھر کچھ دُور نہ تھا۔ وہ ان راستوں سے اچھی طرح واقف تھی۔ اس کے دل میں معاً یہ خیال آیا کہ آج یقیناً کچھ ریلوے ہی کے متعلق ہنگامہ ہونے والا ہے۔ اِس نے سنا تھا کہ آج کل ریلوے لائن اور پٹریوں پر باغیوں کا حملہ ہے۔ انھوں نے ٹرینوں کا لڑا دینا اور اُلٹ دینا سوراج حاصل کرنے کا بہترین ذریعہ سمجھ لیا ہے۔ اسے یقین ہو گیا کہ اس کا شوہر بھی اسی حماقت میں گرفتار ہے۔ اس نے اپنے قدم اور تیز کیے۔ مگر کچھ دُور چلنے کے بعد معلوم ہوا کہ جیسے مہیشور زمین میں سما گیا۔ اس کے پاؤں کی آہٹ بالکل نہ سنائی دی، اسے یاد نہ آیا کہ وہ چند قدم پیچھے ایک ایسی گلی چھوڑ آئی ہے جو ذرا گھماؤ سے ریل کے چھوٹے پل کے پاس نکلتی ہے۔ پھر وہ پلٹی اور اُسی گلی میں گھسی۔ گلی حد درجہ تنگ اور تاریک تھی۔ بارہ بج چکے تھے، گھروں کے دروازے بند تھے، نہ کسی کے بولنے کی آواز نہ کسی کے جاگنے کی آہٹ ملتی تھی۔ اُس کا دل بلیوں اُچھل رہا تھا۔ وہ ایک نازک بدن کمزور عورت تھی، اُس نے بچّے کو سینے سے قدرے زور سے لگا لیا۔ وہ معصوم سو رہا تھا مگر رادھا کے لیے اتنا سہارا ہی بہت تھا۔ اسے محسوس ہوتا تھا کہ جیسے اس کے سینے سے ایک ایسا جوشن لگا ہے اور اس کے گلے میں ایک ایسا تعویذ ہے کہ دنیا کی آفتیں اس سے ٹل جائیں گی۔ وہ اسی طرح ڈرتی سہمتی بچّے کو گلے سے لگائے پل تک پہنچی۔ اُس نے آنکھیں پھاڑ پھاڑ کے ریلوے پل کی دونوں جانب دیکھا مگر اُسے کوئی دکھائی نہ دیا۔ وہ جانتی تھی کہ آج کل ریلوے لائن پر برابر پولیس کا پہرا رہتا ہے۔ اس لیے اُس نے اپنے شوہر کو پکارا نہیں۔ اس کے دل میں یہ ڈر

سمایا ہوا تھا کہ مہیشور باغیوں کا ضرور شریک ہے۔ اور اس کے پاس پٹریاں اُکھاڑنے کے ہتھیار یقینی ہیں۔ اس نے کھانا کھلاتے وقت دیکھا تھا کہ اس کے کوٹ کی جیبیں بھری ہوئی تھیں۔ اس لیے وہ پل کے پاس پہنچ کے یہ سوچتی رہی کہ وہ اب کیا کرے۔ شوہر کی تلاش کے لیے وہ کس طرف جائے۔ وہ اُس جانب مڑ پڑی جدھر اسٹیشن تھا۔ اسے دفعتاً یہ بھی یاد آ گیا کہ گھنٹے ڈیڑھ گھنٹے میں ہوڑا پشاور ایکسپریس آتی ہوگی۔ وہ پنجاب میل کی رفتار سے چلتی ہے۔ یہ خیال آتے ہی اس نے جلدی جلدی قدم رکھنا شروع کیے۔ اسے اسٹیشن پہنچ کر کسی طرح ایکسپریس رکوانا چاہیے۔ سینکڑوں بے قصوروں کی موت مہیشور کی چھ مہینے کی بیکاری کا بدلہ نہیں ہو سکتی ہے۔ اس میں کمپنی یا انگریزوں کا کیا نقصان ہے۔ ان کی کچھ گاڑیاں ٹوٹ جائیں گی، مگر جانیں تو جائیں گی ہندوستانیوں کی، پچاسوں عورتیں بیوہ ہو جائیں گی۔ سینکڑوں بچے یتیم ہو جائیں گے۔ اس کے قدم اور جلدی جلدی پڑنے لگے۔ اس کا دم پھولنے لگا۔ اس کے منہ سے ''ہے بھگوان! ہے بھگوان!'' کی ندا برابر نکل رہی تھی۔ وہ بچے کو کبھی داہنے کندھے سے لگاتی کبھی بائیں سے، کبھی ٹھوکر کھاتی، کبھی پھسل جاتی۔ مگر برابر اسٹیشن کی طرف بڑھتی جاتی۔ یہاں تک کہ اسٹیشن کی ٹمٹماتی ہوئی روشنی دکھائی دینے لگی۔ اس کے دماغ سے شوہر کا خیال جاتا رہا تھا، بس کئی سو عورتوں کو بیوہ ہونے اور کئی سو بچوں کو یتیم ہونے سے بچانے کا خیال اُس کے دل میں بسا تھا کہ دفعتاً فاصلے والے سگنل کے پاس پہنچ کے وہ رُکی۔ مہیشور آخر کہاں ہے؟ کہیں وہ پل کی دوسری جانب تو نہیں ہے؟ وہ گھبرا کے وہیں بیٹھ گئی۔ سوچنے لگی مجھے کیا کرنا چاہیے۔ سوامی کو پہلے بچانا چاہیے۔ اسٹیشن پر اگر جا کے کہتی ہوں تو سب پوچھیں گے تجھے کیونکر معلوم ہوا، پھر سوامی دھر لیے جائیں گے، پھانسی ہوگی یا کالے پانی بھیج دیے جائیں گے۔ میرے بچے مر ہی جائیں گے! ہائے رام کیا کروں؟'' وہ پھر اُٹھی اور اب اس طرف دوڑ کے چلنے لگی جدھر سے ابھی آئی تھی۔ تھک گئی تھی، بچہ گود میں لیے ہوئے چلنا آسان کام نہیں تھا۔ پھر ادھر مہینوں سے ہر روز آدھا پیٹ کھایا تھا۔ اپنا حصہ بچوں اور سوامی کو کھلا دیا تھا۔ پھر ساری فکریں۔ حد درجہ کمزور تھی۔ کب کی تھک کے بیٹھ گئی ہوتی۔ مگر اس وقت قوتِ ارادی نے اعضا کو بالکل ہی محکوم کر لیا تھا۔ اپنی بساط سے زائد کام کر رہے تھے۔ وہ یوں ہی گرتی پڑتی پل تک پہنچی۔ ایک شخص پٹری کے قریب بیٹھا ہوا دکھائی دیا۔ رادھا نے پکارا ''کون سوا......؟''

مگر قبل اس کے کہ پورا لفظ منہ سے نکلے، مہیشور نے جیب سے ریوالور نکال کے فائر

کردیا۔ گولی بائیں پہلو پر لگی۔ بچہ داہنے پہلو پر اس وقت تھا، وہ بچ گیا۔ مگر رادھا کے کاری زخم آیا وہ ایک سکنڈ تک جھوم کے وہیں گر پڑی۔ مہیشور نے کراہنے کی آواز سے محسوس کیا کہ زخمی کوئی مرد نہیں بلکہ عورت ہے، اور وہ گھبرا کے پُل سے کود کے رادھا کے پاس آیا۔ رادھا کی گود سے بچہ اب تک نہ چھوٹا تھا۔ اِس نے شوہر کو قریب دیکھ کر اب اسے چھوڑ دیا۔ بچہ اس پتھریلی سڑک پر گر کے رونے لگا۔ مہیشور ''ہائے بھگوان رادھا!'' کہہ کے بیوی کے قدموں کے پاس گر پڑا۔ اور ریوالور اپنے سر کے قریب لے جا کے گھوڑا دَبانا ہی چاہتا تھا کہ رادھا نے ہاتھ پکڑ لیا۔ رُک رُک کے بولی ''دیکھو پولیس... کی سیٹی بج رہی ہے...آتی ہی ہوگی...اپنی جان... مت دو... میرے بچے... پالنے ہیں... کہہ دینا... مجھے... باغیوں نے مارا ہے... ریوالور پھینک دو...''

مہیشور نے کہا۔ ''میں تمھیں مارنے کے بعد جیوں...ناممکن ہے۔''

رادھا نے مہیشور کا ہاتھ اپنے کانپتے ہاتھوں سے پکڑ کے کہا: ''مجھے اپنے...مرنے کا رنج نہیں... استری کے لیے... سوامی کے ہاتھ سے... مارا جانا سورگ ہے... پر میرے بالک اب...تم کو پالنا... پڑے گا۔''

اور اس نے مہیشور کے ہاتھ سے ریوالور لے لیا اور اُس کا ہاتھ بچے کے سر پر رکھ دیا۔''

مہیشور بیوی اور بچّے کے درمیان غش کھا کے گر پڑا۔

✡✡

بجھتی شمع

(۱)

میجر سلیم کو اس وقت اپنی تنہائی کا شدید احساس تھا۔ دسمبر کا مہینہ تھا۔ کرسمس کو دو ہی دن رہ گئے تھے۔ صبح سے برف میں جھلی ہوئی ہوا چل رہی تھی۔ اتنی ٹھنڈی کہ ہر جھونکے کے بعد رگوں میں خون جم جاتا تھا۔ دفتر سے تھکا ماندہ وہ ابھی اپنے گھر پلٹا تھا۔ گو موٹر کے شیشے ہر طرف سے چڑھے تھے، مگر مرکزی سکریٹریٹ کے گرم کمرے کے بعد اس کی قطع بھی برف میں جمی ہوئی قلفی کی تھی۔ اور جب وہ اپنے گھر پہنچا تو وہ گھر کہاں تھا۔ گھر دیوار و در، چھت اور فرش، قالین اور صوفے، مسہری اور ملازم سے نہیں بنتا، نہ اس کی ٹھنڈک بجلی کا ہیٹر لگا دینے سے چلی جاتی ہے۔ وہ تو ایک مسکراتی رفیقۂ حیات سے اور کھلکھلاتے، ہنستے، اُچھلتے کودتے بچوں سے گرماتا ہے۔ یہاں کیا تھا؟ وہ بوڑھی ماں بھی تو نہ رہ گئی تھی جس کے سہارے وہ گھر کی گرمی محسوس کرتا تھا اور جس کی موجودگی میں وہ ایک خیالی تصویر دل سے پچیس برس لگائے بیٹھا رہا تھا۔ وہی غالب کا مثالی تصورِ جاناں کیے ہوئے۔

تھا بھی کتنا پیارا وہ جہاں آرا کا تصور۔ ساتھ کی کھیلی ہوئی، پری چہرہ، گل اندام، وہ بے پے مست خماری آنکھیں، وہ ناگن کی طرح بل کھاتی زلفِ سیہ فام، وہ بید کی طرح لچکتا جسم، وہ تناسبِ اعضا، موتیوں کی لڑی دانت، وہ گلاب کی پنکھڑیاں ہونٹ اور پھول بکھیرتی ہوئی ہنسی، کیا کیا دلربا تصویریں تھیں جو نظروں کے سامنے اِٹھلاتی پھرتیں۔ وہ روٹھنے کا پیارا انداز، وہ منہ چڑھانے کی شیریں ادا، اور وہ سلیم کی جھنجھلاہٹ پر اسے گدگدا کر ہنسانے کی شوخی، کیسے کیسے اس نے وعدے کیے تھے، کیسی کیسی سخت قسمیں کھائی تھیں، ’’میں تمھاری ہوں، تمھاری ہی رہوں گی! نہ ماں

باپ مجھے مجبور کر سکتے ہیں اور نہ سماج اور معاشرہ مجھے کسی اور کا بنا سکتا ہے!''

بات بھی کوئی ایسی انوکھی انہونی نہ تھی۔ برابر کا جوڑا تھا۔ دونوں کے باپ ڈپٹی کلکٹر تھے، دونوں کے بنگلے ایک ہی احاطے میں تھے۔ دونوں کا لان ایک ہی تھا۔ دونوں کی پھلواریاں ایک ہی تھیں۔ دونوں بنگلوں کی برساتیوں میں سے گزرتی ہوئی سڑک ایک ہی تھی۔ دو سواری ایک پھاٹک سے آتی، اسے دونوں بنگلوں کے سامنے سے ہو کر دوسرے پھاٹک سے گزرنا پڑتا تھا۔ زمین و آسمان ایک ہی تھے، ماحول ایک ہی تھا۔ سنوں کا بھی کوئی خاص فرق نہ تھا۔ جہاں آرا سولہویں برس میں تھی اور سلیم نے اٹھارہویں میں قدم رکھا تھا۔ وہ سینئر کیمبرج کی تیاری کر رہی تھی، یہ انٹرمیڈیٹ کی۔ دونوں ایک دوسرے کے لیے صورتاً اور سیرتاً ایک مثالی کردار تھے۔ دونوں میں قول و قرار، عہد و پیمان ہوئے۔ دونوں کو یقین تھا مستقبل ہمارے ہاتھوں میں ہے۔ ہم اسے اپنی خواہش کے مطابق بنالیں گے اور ہم زندگی کو ہمیشہ رنگین عینکوں سے دیکھتے رہیں گے۔

انھیں اس کا کبھی خیال بھی نہ آتا تھا کہ زندگی کی چادر کا تانا بانا خوشی و غم سے بنتا ہے۔ اس جہان میں جہاں کلیاں کھل کر پھول بنتی ہیں، وہیں ناشگفتہ غنچے مرجھاتے اور سر کتے بھی ہیں، جہاں شادی کے چہچہے سنائی دیتے ہیں، وہاں مرنے والوں پر نوحہ و ماتم کی صدائیں بھی آتی ہیں، جہاں تندرستوں کے کھیل کے میدان ہیں، وہیں مریضوں کے اسپتال بھی ہیں۔ سلیم و جہاں آرا بھولے سے بھی غم و جدائی، فراق و ہجر کا دل میں خیال نہ لاتے تھے لیکن دفعتاً سرکاری حکم آیا کہ جہاں آرا کے والد خان بہادر ابراہیم صاحب بجنور کے کلکٹر بنائے گئے۔

دونوں بنگلوں میں خوشیاں تھیں، کسی ایسے ہندوستانی افسر کا جو آئی سی ایس بھی نہ ہو انگریزی دَور میں ضلع کا حاکم اور کلکٹر بنایا جانا کوئی معمولی اعزاز نہ تھا۔ اس لیے جہاں آرا کے والدین اور بھائی ہی خوش نہ تھے بلکہ سلیم کے والد خان صاحب نعیم الدین اور ان کے گھر والے بھی خوش تھے۔ اخلاص کا تقاضہ یہی تھا، دوستی کے یہی معنی تھے۔ مگر سلیم و جہاں آرا کے چہرے فق تھے، دل رو رہے تھے۔ سب کے سامنے تو وہ سرکس کے مسخروں کی طرح مصنوعی خوشی کا چہرہ لگا لیتے، مگر جب اکیلے میں ملتے تو آنکھوں میں آنسو ہوتے، سرد آہیں ہوتیں اور عہد و پیمان پر باقی رہنے کی بار بار قسمیں کھائی جاتیں۔ بار بار مشورے ہونے کے بعد ایک تدبیر ذہن میں آئی۔ سلیم نے ماں کی گود میں سر ڈال کر کہہ دیا کہ بیگم ابراہیم کے یہاں سے جانے سے پہلے

میرے لیے ابھی سے بات پکی کر لیجیے۔ وہ اس بات پر ہنس پڑیں۔ ''اچھا ابھی سے عشق لڑانے لگا۔'' مگر بیٹے کی آنکھوں میں آنسو دیکھ کر ماما سے کلیجہ پھٹنے لگا۔ منہ بولی بہن کے پاس چلی گئیں۔ بہن گرہستی کا بکھرا ہوا سامان سمیٹنے، بکسوں میں بند کروانے، فرنیچر پر کاغذ لپٹوانے، غرض سفر کی پوری تیاری میں لگی تھیں۔ ان کو سلیم کی ماں کا بے وقت آنا کھلا۔ وہ اب ہونے والے کلکٹر کی بیوی تھیں۔ کون جانے کل ہی نعیم کا بجنور کا تبادلہ ہو کر وہ ماتحتی میں آ جائیں۔ ان کو خود اس کا خیال کرنا چاہیے تھا۔ بے کہلائے نہ آنا چاہیے تھا۔ بہر حال رُکھائی سے ملیں۔ مصروفیت کا بہانہ کر کے سادے کپڑوں میں ہونے کی معافی مانگی اور اُکھڑی اُکھڑی باتیں کیں۔ پورے رنگ ڈھنگ سے، اندازِ گفتگو سے اپنے بدلے ہوئے رُتبوں کا فرق نمایاں کیا۔ ایسے میں سلیم کی ماں کا جی تو نہ چاہتا تھا مگر پھر بھی انھوں نے گھما پھرا کر سلیم اور جہاں آرا کے رشتے کا ذکر کر ہی دیا۔ اُس دن والی نئی بہن نے منہ سکھا کر جواب دیا ''تم نے بھی کہاں بے وقت کی راگنی چھیڑی بہن۔ مَیں تو اس تبادلے کی وجہ سے اسباب سمیٹنے میں لگی ہوں اور تمھیں سوجھی ہے شادی بیاہ کی بات! پھر اللہ رکھے جہاں آرا کا سن ہی کیا ہے۔ سولہویں میں قدم رکھا ہے۔ میں اتنی کمسنی کی شادی کی طرفدار نہیں۔ اٹھارہ اُنیس برس کی ہو لے گی، تو ایسی باتوں کو سوچوں گی!'' اتنے میں ایک ماما نے آ کر پوچھا ''بیگم صاحب وہ جو آپ کے دُھلے کپڑے دھوبی نے آج ہی لا کر دیئے ہیں وہ کس بکسے میں رکھے جائیں گے؟'' وہ سلیم کی ماں سے بولیں ''لو دیکھا، ان ماں زادیوں پر کسی کام کو چھوڑا ہی نہیں جا سکتا! بس، اس وقت تو معاف ہی کرو بہن! خدا کرے تمھارے میاں کا بھی بجنور ہی تبادلہ ہو جائے اور ہم تم پھر مل سکیں!''

ان کے معافی مانگنے میں وہی انداز تھا جو کسی بھکاری سے بھیک نہ دینے پر معافی مانگنے کا ہوتا ہے۔ سلیم کی ماں تلملا کر رہ گئیں لیکن کیا کرتیں۔ وہ بھی تو بیٹے کے لیے بھیک مانگنے ہی آئی تھیں۔ جہاں آرا نے اس پر ہمت نہ ہاری۔ ماں باپ کے ساتھ جاتے ہوئے سلیم کو یقین دلاتی گئی کہ ''میں بات پر قائم رہوں گی۔ اِدھر کی دُنیا اُدھر ہو جائے مگر وعدے سے نہ ہٹوں گی۔''

سلیم نے بی اے میں قدم رکھا ہی تھا کہ دوسری جنگ عظیم چھڑی۔ خان صاحب نعیم نے فوجی بھرتی اور چندہ جمع کرنے میں بڑا کارِ نمایاں کیا، خطاب بڑھا، عہدہ بڑھا، اور سلیم کے بی اے ہوتے ہی اسے فوج کے مرکزی دفتر میں ایک اچھا عہدہ دے دیا گیا۔ وہ قصد ہی کر رہا تھا

کہ ماں سے کہہ کر اب با قاعدہ جہاں آرا کے لیے رقعہ بھجوائے کہ خبر ملی کلکٹر صاحب کی صاحبزادی ایک ڈباؤ پچاس سالہ کمشنر صاحب سے بیاہ دی گئیں۔ بس اُس نے بھی وہی کیا جو اس زمانے کے مجنوں کیا کرتے ہیں۔ شراب وعیاشی۔ زمانۂ جنگ میں ان دونوں کی بڑی سہولتیں رہتی ہیں۔ لڑانے والوں کو سامانِ جنگ کی طرح انھیں بھی افراط سے مہیا کرنا پڑتا ہے۔ اس لیے سلیم نے اپنے کو مکمل طور پر بے خود بنالیا۔ لیکن قبل اس کے کہ منہ کی لگی عادت بنتی، خان بہادر نعیم کے اچانک انتقال سے وہ سنبھل گیا۔ ماں، بہنوں اور چھوٹے بھائیوں کا بار اُس کے سر آ گیا۔ وہ 'داغا ہوا سانڈ' بننے کی جگہ 'لڈو خچر' بن گیا۔ اُس نے بھائیوں اور بہنوں کو تعلیم دلوائی، نوکریاں دلوائیں، شادیاں کردیں اور بوڑھی ماں کو گلے کا تعویذ بنائے اپنے ساتھ رکھا۔ جنگ ختم ہوتے ہی وہ باقاعدہ ڈپٹی کلکٹر بنا دیا گیا۔ آزادی ملنے کے بعد اس کا عہدہ اور بڑھا اور وہ اے آئی ایس بنا کر دلی بلا لیا گیا۔

وہ اپنے عہدے اور خانگی فکروں میں اس طرح پھنسا کہ نہ وہ جہاں آرا کے بارے میں زیادہ سوچ سکا اور نہ اس نے خان بہادر ابراہیم کے صاحبزادوں سے تعلقات قائم رکھنے کی کوشش کی۔ نہ وہ ٹوٹے ہوئے رشتے جوڑنا چاہتا تھا اور نہ مندمل زخم کو کریدنا۔ ہاں اتنا ضرور تھا کہ جب بہنیں اپنے اپنے سسرال چلی گئیں اور چھوٹے بھائی اپنی اپنی نوکریوں پر چلے گئے تو گھر سونا سونا سا محسوس ہونے لگا۔ ماں نے بار بار اپنا گھر بسانے پر زور دیا۔ اُس کے جسم نے بھی کبھی کبھی فریاد کی، لیکن جہاں آرا کی تصویر جو میز کے دراز میں چھپی رکھی تھی اور جس کی زیارت ہر روز ایک بار ضروری تھی ''قول مرادوں جاں داروں'' کا مقولہ ہی یاد دلاتی رہی۔ اور وہ ماں سے یہی بہانہ کرتا رہا ''امی ایک میان میں دو تلواریں نہیں رہ سکتیں۔ آپ اس گھر کی ملکہ اور رانی ہیں، میں بیوی لا کر اسے آپ کی حکومت میں دخل اندازی کا حق نہیں دے سکتا۔'' بوڑھی مہارانی جب بہلانے سے یوں بے آس ہوئیں تو انھوں نے ہمیشہ کے لیے اپنا راج چھوڑ دیا۔ وہ دوسری دُنیا سدھاریں۔ سلیم نے خالی تخت کو پُر کرنے کے لیے جہاں آرا کا فوٹو خاصا بڑا کرا کے بیڈروم میں لٹالیا۔ صبح کو اُٹھتے اور رات کو سوتے وقت سب سے پہلی نظر اسی پر پڑتی۔ مگر اسے چند ہی دنوں میں محسوس ہونے لگا کہ یہ کاغذی پیرہن تصویر تنہائی کی شدت کو گھٹانے کی جگہ اور بڑھاتی ہے۔ جسم کی پکار تھی کہ ''کھل کھیلو!'' مگر پوزیشن کا خیال دامن گیر بنا۔ دلی میں

مرکزی حکومت کا معتمد افسر کوئی گری ہوئی بات نہ کر سکتا تھا۔ خودداری کی بنا پر نہ سہی عہدے کے بھرم کی وجہ سے سہی، ڈگمگاتے پاؤں جم جاتے اور وہ فائلوں میں ڈوب جاتا۔

اس وقت بھی وہ چائے پی رہا تھا اور اپنی تنہائی سے اُلجھ رہا تھا۔ نہ جانے کیوں یخ ہوائیں اس احساس کو اور بھی بڑھا دیتی ہیں، اور ٹھنڈی راتیں کیوں روئی دوئی کے مطالبے میں کیوں شدّت پیدا کر دیتی ہیں۔ اُس نے اپنے خیالات سے اُکتا کر کمرے میں چھوٹی میز پر فائلوں کے ڈھیر کو دیکھا۔ اُٹھا کہ کچھ کام ہی کر ڈالے، مگر دل نہ اُٹھا۔ بالکنی میں جا کر کھڑا ہو گیا۔ سامنے کالونی کے بچوں کا پارک تھا۔ وہاں مختلف سن و سال کے بچے دوڑ رہے تھے، کھیل رہے تھے۔ کوئی شوٹ پر چڑھ کر کھیل رہا تھا، کوئی لوہے کے جھولے پر جھول رہا تھا، کئی غول بنائے ہوئے کبڈّی کھیل رہے تھے۔ کئی گیند اُچھال رہے تھے۔ قہقہے تھے، چیخ پکار تھی، دوڑ تھی، مقابلہ تھا۔ زندگی چہل پہل سے بھری بارونق دِکھائی دے رہی تھی۔ اپنا بچپنا یاد آنے لگا، اور پھر اس نے آگے بڑھ کر وہ زمانہ جب کہ وہ اور جہاں آرا اپنے اپنے بھائی بہنوں کے ساتھ بنگلوں کے سامنے والی لان پر ایک دوسرے کے پیچھے دوڑتے تھے، اُچکتے پھاندتے تھے اور بنگلے کے درختوں کی موٹی موٹی شاخوں پر جھولے ڈلوا کر لمبی لمبی پینگیں لیتے تھے۔ وہ ایک ٹھنڈی سانس بھر کر کمرے میں پلٹا ہی تھا کہ کسی نے کنڈی کھٹکھٹائی اور ملازم نے تار لا کر دیا۔ لکھا تھا۔

''میں میڈیکل کالج کے ٹی بی وارڈ میں داخل ہوں۔ حالت خراب ہے۔ آ کر آخری دیدار کر جاؤ۔ جہاں آرا۔''

اُس کے ہاتھ کانپنے لگے۔ مشکل سے تار کے رسیدی پرچے پر دستخط کیا اور کرسی پر بے سُدھ گر پڑا۔ دماغ ایک چرخی کی طرح گھومنے لگا، نظروں میں طرح طرح کے رنگ چھوٹنے لگے۔ عجیب عجیب رقعے دِکھائی دینے لگے۔ معلوم ہوا پھولوں کی سیج میں آگ لگی ہے، دُھواں اُٹھ رہا ہے، شعلے بھڑک بھڑک کر ساری فضا کو لال لال بنا رہے ہیں۔ پھر دِکھائی دیا سمندر میں طوفان آیا ہے۔ موجیں بلّیوں اُچھل رہی ہیں اور وہ جہاں آرا کے ساتھ اس میں غوطے کھا رہا ہے۔ پھر ایسا محسوس ہوا جیسے زرد و سیاہ آندھیاں اُٹھ رہی ہیں، بالو اور خاک کے ریزے اُڑ اُڑ کر اُس کے جسم بھر میں سوئیوں کی طرح چبھ رہے ہیں۔

پھر دفعتہً سماں بدلا۔ محسوس ہوا وہ سائبیریا کے میدان میں کھڑا ہے۔ ٹھنڈی ہوائیں چیختی

چنگھاڑتی چل رہی ہیں اور اسے اندر سے تڑاتڑ سنگساری کر رہی ہیں۔ غرض کبھی گرمی، کبھی سردی، کبھی آگ، کبھی پانی، کبھی خاک، کبھی اولے، ایک تلاطم، ایک طوفان بپا ہے اور ان سب میں وہ اکیلا ہی نہیں ہے بلکہ جہاں آرا بھی لٹیں جھٹکاتے، قہقہے لگاتی، سسکیاں بھرتی، کبھی اپنے پورے حسن و جمال، مست آنکھوں سے دیکھتی، گلنار منہ کیے لچکتی، لڑکھڑاتی، سنبھلتی دَم کر رہی ہے اور کبھی محض ہڈّیوں کا ڈھانچہ بنی، آنکھوں کا خانہ خالی، ناک کا بانسہ غائب، عنابی ہونٹ ندارد، بھیانک طور پر دانت نکالے، جسم کی ہڈّیاں کڑکھٹ کڑکھٹ کرتی، سوکھی انگلیاں اس کے دیدے نکالنے کے لیے بڑھاتی چلی آرہی ہے۔

وہ آنکھیں بند کیے کانپتا اور خشک سسکیاں لیتا رہا۔ آہستہ آہستہ آتش بازی کی طرح جلتی بھنتی اور جہاز کے پہیوں کی طرح پانی میں ڈوبتی اُبھرتی چرخی کی رفتار کم ہوئی۔ آندھیوں کا زور، اولوں کی بوچھار بھی گھٹنے لگی۔ ملازم نے گلاس میں پانی بڑھا کر کہا "پانی سرکار؟" نسیم نے اس کی بات کچھ سمجھی، کچھ نہ سمجھی۔ مگر ہاتھ گلاس کی طرف بڑھا دیا، اور جلدی جلدی پورا گلاس پی گیا۔ دسمبر کا یخ پانی، معلوم ہوا کہ جیسے حلق سے معدے تک ایک ٹھنڈی لکیر دَوڑ گئی۔ گلاس واپس کرتے ہی ایک زور کی چھینک آئی۔ چھینک کیا تھی جادو کا کوئی منتر تھا۔ آگ بھی بجھ گئی، طوفان بھی غائب ہو گیا۔ دل کے پنکھوں کی بھربھراہٹ بھی ختم ہوگئی اور اس کے ہوش وحواس بجا ہو گئے۔

اُس نے تار پھر سے پڑھا۔ میڈیکل کالج تو لکھا تھا، مگر کس مقام کا؟ تار لکھنؤ سے چلا تھا، اس لیے وہیں کا ہوگا۔ اُس نے طے کیا میں اسی رات ہی کی گاڑی سے جاؤں گا۔ فوراً اپنے سے بڑے افسر کو فون کیا، ایک عزیزہ کی سخت علالت بتائی، ایک ہفتہ کی چھٹی لی، رخت سفر باندھا، ریزرویشن کے لیے اسٹیشن فون کیا اور کلرک کے یہ اُمید دلانے پر کہ شاید چلتے وقت کوئی برتھ خالی مل جائے، اسٹیشن آ گیا۔ دلّی۔لکھنؤ ایکسپریس کھڑی تھی۔ بدقت تمام ایک نیچے کی برتھ فرسٹ کلاس میں مل ہی گئی۔ ڈبے میں دو مرد اور ایک خاتون تھیں، مرد اُوپر کی برتھوں پر تھے، خاتون مقابل کی برتھ پر۔ جب قلی سے اپنا بستر بچھوا کر ساتھیوں کا جائزہ لیا تو پہچانا کہ ہم سفر خاتون مس رعنا عباسی ہیں۔

مس رعنا علی گڑھ اور آکسورڈ کی تعلیم یافتہ، دلّی یونیورسٹی میں لکچرار تھیں۔ ستائیں اٹھائیس سال کا سن، دُبلی پتلی، خاموش، متین۔ گورا رنگ، ناک نقشہ خاصا، خواہ مخواہ عینک کے

پیچھے آنکھیں چھپائے ہوئے۔ماں نے مرنے سے پہلے کا ذکر بھی کیا تھا،اور سلیم سے اس سے دو تین پارٹیوں میں ملاقات بھی ہو چکی تھی۔

نسیم نے اس سے پوچھا''کیا آپ بھی لکھنؤ جا رہی ہیں؟''

وہ جیسے اس سے گفتگو کا بہانہ ہی ڈھونڈ رہی ہو، بولی''جی ہاں، ایک عزیزہ وہاں بیمار ہو کر میڈیکل کالج میں داخل ہیں۔بیچاری ٹی بی میں گرفتار ہیں۔تار آیا ہے اُن کی حالت اچھی نہیں۔''

سلیم نے دھڑکتے دل سے پوچھا''جہاں آرا تو نہیں!''

اُس نے کہا''جی ہاں وکیا آپ انھیں جانتے ہیں؟''

سلیم اپنی برتھ سے اُٹھ کر اُس کی برتھ کے پاس جا کر کھڑا ہو گیا۔بولا''جی ہاں، مَیں بھی انھیں کو پچیس برس بعد دیکھنے جا رہا ہوں۔''اور وہ گاڑی کے پٹری بدلنے کے جھٹکے کی وجہ سے ڈگمگانے لگا۔

وہ اپنے بستر پر ایک گوشے میں سمٹ کر بولی''ارے تو بیٹھ جائیے نا! آپ کھڑے کیوں ہیں؟''

اور رعنا کی زبانی پہلی دفعہ سلیم نے جہاں آرا کی دُکھ بھری کہانی سنی۔آئی سی ایس بوڑھے دولہا کو شادی کے دوسرے ہی دن قلبی دورہ پڑا۔تین مہینے مسلسل بستر پر پڑے رہے،اور عمر بھر کے لیے طرح طرح کے پرہیز لازمی قرار دے دیئے گئے۔جہاں آرا کو دوسرے ہی سال سے اختلاجی دورے شروع ہو گئے۔وہ معدے کی بیمار ہو گئی۔پھر جب شوہر نے پنشن لے کر بہار کے ایک دیہات میں رہنا شروع کیا تو اسے کالا آزار ہوا،اس سے مر مر کر بچی تو حرارت مستقل طور پر رہنے لگی۔پھول جیسے چہرے والی اور ہر وقت ہنسنے والی جہاں آرا آہستہ آہستہ سوکھ کر کانٹا ہو گئی۔شوہر پر دل کا دوسرا دورہ پڑا،وہ چل بسے۔سوتیلے لڑکوں نے بے رُخی برتی،علاج معالجے،دلدہی و ہمدردی کی جگہ اس کے ساتھ بے رُخی برتی،اسے بڑا ستایا،جلایا، تڑپایا۔وہ دق میں گرفتار ہو کر اپنے بھائی وحید کے پاس چلی گئی۔بھابھی نے اس کا گھر میں رہنا مناسب نہ سمجھا۔میڈیکل کالج میں داخل کرا دیا۔

سلیم نے پوچھا''آپ کا اس سے کیا رشتہ ہے؟''

وہ بولی''میرے والد اور ان کے شوہر چچازاد بھائی تھے۔میں ان کو چچی کہتی ہوں۔گو وہ

رشتے اور عمر میں مجھ سے بڑی ہیں مگر وہ مجھ سے ہمیشہ چھوٹی بہن یا سہیلی کی طرح پیش آئیں۔ میں ان کی عزت بھی کرتی اور ان سے محبت بھی۔"

اب رعنا کی باری تھی۔ اُس نے پلٹ کر پوچھ دیا "آپ جہاں آرا کو کیسے جانتے ہیں؟"

اور اس کے ہمدردانہ لب و لہجے نے اس آتش فشاں میں سیندھ کر دیا جو پچیس سال سے لاوا کی طرح سلیم کے دل میں پک رہا تھا۔ اُس نے رعنا کو اپنی داستانِ ہجر سنا دی۔ وہ بہت متاثر ہوئی۔ اُس نے آنکھوں سے عینک اُتار کر آنسو پونچھے۔ سلیم کو پہلی دفعہ محسوس ہوا کہ اُستانی کے چہرے کا روکھا پن جاتا رہا اور اس پر نسوانی نرمی و تازگی جھلکنے لگی۔

وہ رُک رُک کر بولی "اب میں سمجھی کہ جہاں آرا کے ہنسنے میں بھی آنسو کیوں جھلکتے تھے؟ نہ جانے کتنی لڑکیوں کی زندگی ہمارے سماج میں اسی طرح برباد ہو جاتی ہے؟"

سلیم نے پوچھا "اور لڑکوں کی نہیں؟"

وہ بولی "نہیں، سوائے نکموں کے اور کسی کی نہیں۔ اپنے ہی کو لیجیے۔ آپ نے ان کو دل سے نکال کر اس کے دروازے بند کر دیئے اور اطمینان سے دوسرے کاموں میں لگ گئے۔ آپ کے پاس ان کو بھلانے کے لیے ہزاروں بہانے مل گئے!"

سلیم نے ذرا تیکھے پن سے کہا "جی ہاں، جب ہی تو اس کی یاد دل سے لگائے آج تک کنوارا بیٹھا ہوں!"

رعنا نے اسے کچھ تعجب سے، کچھ شرما کر دیکھا۔ اس کے چہرے پر ہلکا سا رنگ آ گیا۔ اس نے آہستہ سے کہا "میرے دل میں آپ کی قدر بہت بڑھ گئی!"

ممکن تھا گفتگو اور بھی دلچسپ ہو جاتی، مگر اُوپر کی برتھ والوں میں سے ایک نے کہا "اگر آپ لوگوں کو زحمت نہ ہو تو بتّی بجھا دیجیے۔ میں سونا چاہتا ہوں۔"

سلیم نے "ارے معاف کیجیے گا" کہا اور بتّی بجھاتا ہوا اپنے بستر پر جا کر لیٹ گیا۔

نیند کا ہے کو آتی۔ ماضی کی یادوں کا آنکھوں پر پہرا تھا۔ پھر دفعتہً جسم اپنی کلیلیں کرنے لگا۔ رعنا سے بوئے جہاں آرا آ رہی تھی۔ ماں نے مرنے سے پہلے جو رعنا سے رشتہ کرنے کا ذکر کیا تھا یاد آ گیا۔ ماضی و حال، جسم و رُوح میں جنگ چھڑ گئی۔ رُوح کہتی "ہائے! وہ جس پر جان چھڑکتے تھے، جس کی یاد میں زندگی تج دی وہ دَم توڑ رہی ہوگی، اور تم ہو کہ کچھ اور سوچنے

لگے۔" جسم کہتا" رعنا عینک اُتار کر کچھ اور ہی ہو جاتی ہے۔ آنکھوں میں بلا کا جادو ہے اور وہ جس طرح جھینپتی ہے اس میں تو ساری مشابہت جہاں آرا کی آتی ہے۔ اور پھر جہاں آرا پچیس برس پہلے والی جہاں آرا، ہنستی، لبھاتی، لچکتی جہاں آرا سامنے آ کر کھڑی ہوگئی۔ وہ اسی طرح کی باتیں سوچتا، اسی طرح کی ملی جلی تصویریں بند آنکھوں سے دیکھتا بالآخر سو گیا۔

لکھنؤ کے اسٹیشن پر یہ طے ہونے لگا کہ کہاں قیام ہو اور کب میڈیکل کالج جایا جائے۔ رعنا نے کہا" میں وحید صاحب کا مکان جانتی ہوں۔ وہیں جاتی ہوں، ان سے سب معلوم ہو جائے گا۔"

سلیم نے کہا" یقین تو ہے کہ وحید مجھے بھولا نہ ہوگا۔ آیئے میں بھی وہیں چلوں۔ اس کے مکان میں گنجائش نہ ہوگی تو کسی ہوٹل میں بعد میں اُٹھ جاؤں گا۔"

ٹیکسی کی اور دونوں وحید کے ہاں پہنچے۔ مکان مل گیا، مگر وہاں ایک بوڑھے ملازم کے سوا کوئی نہ تھا۔ معلوم ہوا وحید اور اس کی بیوی بچے سب میڈیکل کالج گئے ہیں۔ بٹیا کا آخری وقت ہے۔ ان دونوں نے اسباب وہیں پھینکا اور اسی ٹیکسی سے کالج پہنچے۔

اسپشل وارڈ کے باہر ہی وحید سے ملاقات ہوگئی۔ اس نے ہاتھ ملایا اور جہاں آرا کے پاس لے گیا۔ جہاں آرا اب خاشاکِ جہاں تھی۔ ہڈیوں کا ڈھانچہ، گورا رنگ سیاہ پڑ گیا تھا، خمار آلود آنکھوں کے گرد کالے حلقے تھے، گلاب جیسے گال سوکھے بینگنی رنگ کے ہو گئے تھے، صراحی دار گردن سوکھی لوکی تھی، اور گلے سے خرخراہٹ جیسی آواز نکل رہی تھی۔

وحید نے جھک کر کہا" جہان، دیکھو تو رعنا اور سلیم آئے ہیں۔"

اُس نے آنکھیں کھولیں۔ دھنسی دھنسی بے نوری آنکھوں سے سلیم کو دیکھا۔ پہچاننے کی کوشش کرنے لگی۔ سلیم نے اسٹول پر بیٹھ کر اس کا سوکھا ہاتھ ہاتھوں میں لے لیا۔

وہ مسکرادی۔ ہائے کتنی بے بسی و بے کسی تھی اس مسکراہٹ میں! وہ بولی" ہاں، تم سلیم ہی ہو۔ تم آ گئے! اچھا ہوا تم آ گئے! بس اتنا کہنا تھا، میں نے اپنی قسم نہیں توڑی۔ کسی اور کی نہیں بنی!" وہ اُٹھنے کی کوشش کرنے لگی۔ رعنا نے سہارا دیا۔ سلیم اور وحید نے جلدی جلدی کئی تکیے سرہانے لگا کر اس کا سر اُونچا کر دیا۔ وہ رعنا سے بولی" جیتی رہو۔ سہاگن بنو!" پھر سلیم سے اُس نے کہا۔" میں نے ان سے کہہ دیا۔ ماں باپ کے حکم کے خلاف کچھ نہ کر سکی...... مگر میں سلیم

سے قول دے چکی ہوں۔ اسی پر ان کو قلبی دورہ پڑا..... ممکن تھا بعد میں مجھے مجبور کرتے، مگر ڈاکٹروں نے ممانعت کردی تھی اور انھیں اپنی زندگی زیادہ عزیز تھی!''

وہ کھانسنے لگی۔ وحید نے ذرا غصہ کی آواز سے کہا ''زیادہ نہ بولو۔ زور پڑتا ہے۔''

وہ مسکرادی۔ ''چندمنٹ اور!...... پھر کبھی نہ بولوں گی بھیا!''

پھر وہ سلیم کی طرف مڑی ''میں جانتی ہوں تم بھی اپنے قول پر قائم رہے!''

سلیم نے بولنے کی کوشش کی مگر آواز گلے میں گھٹ گئی۔ منہ سے کچھ نہ نکلا۔

اُسے پھر کھانسی آئی۔ دَم اُکھڑنے لگا۔ بس وہ اتنا کہہ سکی ''آج سے دونوں کے...... وعدے ختم!'' آخری ہچکی آئی۔ باچھوں سے بہہ کر دو لال لال لکیریں ٹھوڑی تک ٹھہر گئیں۔ ایک ہلکی سی لمبی سانس کی آواز سنائی دی اور منکا ڈھل گیا۔ سلیم کو ایسا محسوس ہوا جیسے کسی نادیدہ طاقت نے پھونک ماری اور ایک روشن شمع بجھ گئی اور اُس کا دھواں سلیم کی آنکھوں میں بسی مرچوں کی طرح جالگا۔

(۲)

جہاں آرا کو سپردِ خاک کر کے سلیم سیدھا اسٹیشن چلا آیا۔ رعنا نے بھی اسی شب واپسی کا ارادہ ظاہر کیا تھا۔ اس لیے اُس نے دو برتھیں ریزرو کرانے کی کوشش کی۔ معلوم ہوا کہ سب جگہیں بھر گئی ہیں۔ بس ایک کوپے خالی ہے۔ اُس نے وہی دونوں برتھیں ریزرو کرالیے۔ دل میں سوچا ''رعنا کو اگر اعتراض ہوگا تو کسی مسافر سے خوشامد کر کے برتھ بدل لیں گے۔''

پھر وہ اپنے سامان سمیت ویٹنگ روم میں جا کر ایک آرام کرسی پر گر پڑا۔ دن بھر کا بھوکا تھا، غموں کا مارا تھا، سگریٹ پی پی کر غم غلط کرنے کی کوشش کی، مگر نہ بدحواسی میں کمی ہوئی نہ پریشانی میں۔ بار بار یہی خیال آتا کہ ہائے جس جسم میں اپنے تصور میں زندگی بھر شعلہ جوالہ دیکھتا چلا آیا تھا، وہ آج کوئلہ دِکھائی دیا، جس فانوس میں اسے ہمیشہ شمع فروزاں دِکھائی دی تھی وہ آج دھوئیں سے کالی گل بندھی بجھی ہوئی لالٹین نظر آئی۔ تصورات اور حقیقت کے فرق نے اسے بوکھلا دیا تھا۔ کون سی تصویر جہاں آرا کی اب اس کی نظر میں رات کی تنہائیوں میں دیکھیں گی۔ گل بدن وگل پیرہن مرقع یا یہ کفن میں لپٹا ہوا ہڈیوں کا ڈھانچہ؟ اس کا سر پھٹا جارہا تھا۔

اس کی رگ رگ میں درد ہورہا تھا۔ اُس نے اٹیچی سے دوسرے کپڑے نکالے اور انھیں لے کر وہ ویٹنگ روم کے حمام میں گھس گیا۔ اتنی دیر تک نہاتا رہا کہ سردی لگنے لگی۔ کپڑے بدل کر وہ ریستوراں میں چلا گیا۔ اُس نے وہاں پہنچ کر تین چار توس اور کئی انڈے کھائے، تین پالیاں چائے کی پی، پھر وہ ایک اسٹال پر گیا۔ وہاں سے کئی انگریزی ناول خریدے اور انھیں کے مطالعے میں نجی انجمنوں کو بھولنے کی کوشش کرتا رہا۔

جب نو بجے کے قریب رعنا اسٹیشن آئی تو بالکل تنہا آئی۔ سلیم نے جب اسے کوپے کا حال بتایا تو وہ ٹپٹا گئی۔ سلیم نے متانت سے انگریزی میں کہا ''مجھ پر بھروسا کیجیے۔ آخر ہم دونوں ذمہ دار اور بافہم ہیں!''

آکسفورڈ کی تعلیم یافتہ کو کچھ اپنے پر بھی بھروسہ تھا۔ دونوں کوپے میں داخل ہوئے۔ رعنا کا بستر نیچے کی برتھ پر اور سلیم کا بستر اُوپر لگا دیا گیا۔ گاڑی چلنے سے پہلے سلیم نے پوچھا ''آپ نے کھانا کھالیا کہ میں کچھ انتظام کروں۔''

وہ بولی ''جی ہاں، میں وحید کے ہاں سے اپنی ایک بنگالن سہیلی کے ہاں چلی گئی تھی۔ وہیں نہائی اور کھانا کھایا۔ سلیم نے پھر بھی ایک پھل والے کو روک کر سیب، کیلے اور سنترے خریدے۔ اپنے اٹیچی کیس پر رعنا کا سوٹ کیس رکھا۔ بستر سے تولیہ نکالا، فرش پر بچھا کر رعنا کے سامنے رکھ دیئے۔ رعنا نے اس سردی میں پھل کھانے سے عذر کرتے کرتے پرس کھولا اور کہا ''میں نے اپنے ٹکٹ اور ریزرویشن کے دام تو آپ کو دیئے ہی نہیں۔''

وہ اسے ہاتھ سے روک کر بولا ''دتی پہنچ کر حساب ہو جائے گا، اتنی جلدی کا ہے کی؟'' اس نے پرس بند کرلیا۔ اتنے میں گاڑی چلی، ایک جھٹکا سا لگا اور سلیم جواب تک کھڑا تھا، نیچے کی برتھ سے ملی ہوئی کرسی پر بیٹھ گیا۔ نہ جانے کیوں اس کے دل میں خیال آیا ''شادی کے بعد اکثر نیا جوڑا ہنی مون منانے یونہی کوپے میں جاتا ہے!'' اور اس نے دن کے واقعات کے پس منظر میں اس رومانی خیال پر اس قدر ندامت محسوس کی کہ وہ دونوں ہاتھوں سے منہ چھپا کر جھولنے لگا۔

رعنا نے اس کے اس انداز کو دن کے المیہ کا نتیجہ سمجھا اور تعزیتی لب و لہجے میں بولی ''وہ اللہ کو پیاری ہوگئیں۔ اس کا ضرور غم ہے، مگر یہ بھی سوچیے کہ وہ کتنے دُکھ سے چھوٹیں۔ کیسی کیسی

مصیبتیں جھیلنے کے بعد اب انھیں ابدی آرام ملا ہے۔"

سلیم نے چہرے سے ہاتھ ہٹا کر کہا "یقینی وہ سیدھے جنت سدھاریں۔"

رعنا نے کہا "ہاں، وہ اس کی مستحق ہیں۔ اللہ انھیں کروٹ کروٹ جنت نصیب کرے۔"

اور دونوں ہی اپنی اپنی برتھ پر لیٹ گئے۔ تیز روشنی والی بتی گل کردی گئی۔ ملیح آباد کے اسٹیشن سے گزرتے گزرتے ریل نے پھر ایک جھٹکا کھایا اور سوٹ کیس پر رکھے ہوئے پھل بھد بھد کرکے گرے۔ سلیم نے سوئچ دبا کر روشنی کی۔ رعنا نے برتھ سے اُٹھ کر پھل سمیٹنا شروع کیے۔ وہ بھی نیچے پھاندا۔ رعنا نے کہا "انھیں باندھ کر رکھ دیجیے۔" گرے ہوئے پھل اس سے لے کر سلیم انھیں بیسن کے ٹب سے دھو لایا۔ پھر پھلوں کو تولیے میں پونچھ کر انھیں باندھتے باندھتے ایک سیب رعنا کی طرف بڑھا کر بولا "ایک تو کھا ہی لیجیے۔" وہ ذرا جھجکی تو وہ مسکرا کر بولا "میں خود بھی تو ساتھ دینا چاہتا ہوں۔" اور اس نے دوسرے سیب میں دانت گڑا دیے۔ رعنا نے بھی مسکرا کر سیب لے لیا۔ پرس میں سے ایک چھوٹا سا خوبصورت چاقو نکالا۔ کئی چھوٹی چھوٹی قاشیں اپنے لیے کاٹیں۔ پھر چاقو بڑھا کر کہا "کہاں تک دانتوں کو زحمت دیجیے گا، اسے استعمال کیجیے۔"

وہ بولا "دانت مصنوعی نہیں ہیں۔ لیکن سیب کھٹا ضرور ہے۔" اور وہ منہ بنا بنا کر اسے کھانے کی کوشش کرنے لگا۔ رعنا نے ایک قاش چکھی۔ اس نے کہا "مگر یہ تو خاصا میٹھا ہے! لیجیے چکھیے۔" اور اس نے دوسری قاش سلیم کی طرف بڑھائی۔ سلیم نے اسے کھا کر کہا "اس میں آپ کے ہاتھ کا اثر آ گیا۔"

وہ کچھ شرما گئی۔ پھر بولی "اب اسے پھینکیے اور اسی کو کھائیے۔" اور اس نے سیب کی پتلی پتلی قاشیں کاٹ کر تولیہ پر رکھ دیں۔ سلیم نے اپنا سیب کھڑکی کا شیشہ اُٹھا کر باہر پھینک دیا اور رعنا کی تراشی قاشوں میں حصہ لگایا۔ پھر سنترے اُٹھا کر اس کی طرف بڑھا۔ "اب انھیں بھی آپ چھیلیے۔ میرا ہاتھ لگتے ہی یہ بھی کھٹے ہو جائیں گے۔"

وہ ایک استانی کی طرح بولی "جاڑوں میں تو ہر پھل کا کھٹا ہونا فطری ہے۔ ان کا عرق اچھی طرح نہ پکنے پاتا ہے اور نہ سوکھنے!" پھر سنترے کی ایک قاش چکھ کر سلیم کی طرف پورا پھل بڑھاتی ہوئی بولی "مگر اس کی کھٹاس بہت ہی لطیف ہے۔ بس ایک ہلکی سی چاشنی۔"

سلیم نے کہا" مگر دوسرا بھی چکھ لیجیے۔ اس کی چند قاشیں تو میرے ہی لیے ناکافی ہوں گی۔"

اُس نے سنترہ کی ایک قاش کھا کر کہا" جی، یہ واقعی میٹھا ہے۔ اس میں ترشی ہی نہیں۔"

سلیم نے کہا" پھر ہلکی چاشنی سے آپ لطف اُٹھائیے۔ وہ میٹھا سنترا مجھے عنایت کیجیے۔"

اُس نے ہنستے ہوئے کہا" یہ تو وہی کہاوت ہوئی" کڑوا کڑوا تھوتھو، میٹھا میٹھا ہپ!"

وہ منہ سکھا کر بولا" جی، آجکل کی سرکار کا افسر ہوں، اتنا تو آ ہی جانا چاہیے۔"

اور رعنا کے بے ساختہ ہنس دینے پر وہ بھی ہنس دیا۔

جب دونوں سنترے ختم ہو گئے تو سلیم نے کہا" بس ایک پیالی چائے اور مل جاتی تو من وسلویٰ کا مزہ آ جاتا!"

وہ بولی" جی، چائے تو میرے ساتھ ہے۔" اور اُس نے اپنا بید کا ٹفن کیریئر کھول کر اُس میں سے تھرماس نکالا اور سلولائڈ کا ایک گلاس نکالا اور اس میں چائے اُنڈیل کر سلیم کی طرف بڑھائی۔

وہ بولا" واہ، واہ! آپ نے کیا بروقت پیاسے کی پیاس بجھائی!"

پھر وہ رعنا سے اجازت لے کر چائے کے ساتھ ساتھ سگریٹ پیتا رہا اور کنکھیوں سے اس کے بیٹھنے، چائے پینے کے دلکش انداز کو دیکھتا رہا، اور دفعتہً اس کے دل میں خیال آیا، کیا اس رات کے دلچسپ سفر کے بعد جب کہ ایک مہذّب، تعلیم یافتہ، دل رُبا۔ وہ 'دل رُبا' کے لفظ پر ٹھٹکا۔ اُس نے رعنا پر نظر ڈالی۔ اُس وقت اس کے بال بے ترتیب تھے، آنکھوں پر چشمہ نہ ہونے سے ان کے دیدوں میں نیند کے خمار نے لال لال ڈورے ڈال دیئے تھے۔ اُس کے آفتابی چہرے سے ایک بھولا پن برس رہا تھا اور وہ نصف دھڑ سے بیٹھی، ریشمی لحاف میں لپٹی بہت اچھی معلوم ہو رہی تھی۔ سلیم کو خود اپنے خیالات پر شرمندگی محسوس ہوئی۔ اُس نے سگریٹ بجھا کر باہر پھینکی اور اپنی برتھ پر چڑھتے ہوئے کہا" آپ کو اب نیند آ رہی ہوگی، معاف کیجیے گا میں نے آپ کو بہت دیر جگایا۔"

وہ بولی" ہاں، اب تو ساڑھے گیارہ کا وقت ہے!"

سلیم نے بتی بجھا دی اور نیند بلانے کے لیے آنکھیں بند کر لیں۔ مگر نیند تو معشوق صفت

ہے، نہ وہ بلانے سے آتا ہے، نہ یہ بلانے سے آتی ہے۔اُس نے دماغی سکون اور جسمانی تھکن سے بندھن باندھ رکھے ہیں۔ نہ سلیم کے دماغ میں سکون تھا اور نہ اُس نے کوئی خاصی جسمانی محنت کی تھی۔ دن بھر بھوکے رہنے کی محنت، یا لاش ڈھونے والی لاری میں بیٹھ کر قبرستان میں کچھ دیر کھڑے رہنے کی محنت، یہ نیند لانے والی محنتیں نہ تھیں، بلکہ دماغی سکون چھین لینے والی تھی۔ ہاں، یہ ضرور تھا کہ غیر شعوری طور پر ایک شرمندگی سی تھی۔ جہاں آرا کو وعدہ شکن، بے وفا سمجھ چکا تھا، مگر وہ سچی، زبان پر قائم نکلی، اور وہ خود؟ اُس نے کیا کیا نہ کیا۔کس کس طرح جسم کی بھوک نہ مٹائی۔ اِس میں شک نہیں کہ سال دو سال میں وہ سنبھل گیا، اور پھر اس کے قدم نہ ڈگے۔ مگر اس میں اس کی کیا تعریف۔ اپنے سے چھوٹے بھائی بہن، اپنی نیک اور شریف ماں، پھر عہدے کی ذمہ داریاں، ملازمت میں ترقی کی خواہش، اِن سب نے اسے رنگ رلیاں مچانے، بدنام رہنے سے روکا۔بس لے دے کر اُس نے اتنا ہی تو کیا کہ اُس نے شادی نہ کی۔ جہاں آرا کی جگہ کسی کو گھر کی ملکہ نہ بننے دیا۔ سو اب تو اس کے مرنے سے وہ بندھن بھی ٹوٹ گیا۔ عہد و معاہدے بھی ختم ہو گئے۔ وہ آزاد ہو گیا۔ مگر اس آزادی کے بعد بھی وہی نا قابلِ برداشت تنہائی۔ لیکن کیوں رہے وہ تنہا؟ اچھی خاصی مہذّب و شائستہ تو ہے رعنا۔ ماں نے اپنی زندگی میں پسند بھی کیا تھا۔ مگر کیا وہ بھی کرے گی؟ کیوں نہ پوچھ لو؟ اس سے بہتر اور کون سا موقع ملے گا صاف صاف گفتگو کا۔ اُس نے کروٹ لی۔

رعنا کا دل کل رات بھی سلیم کو اپنے ڈبے میں دیکھ کر دھڑکا تھا، اور آج رات اکیلے کوپے میں اس کے ساتھ سفر کرنے میں تو گویا اس میں پنکھ لگے تھے۔ اس کے دل میں بھی چور تھا۔ جب وہ ڈیڑھ سال قبل یونیورسٹی میں لکچراری پر مقرر ہو کر دلی آئی تھی تو وہ رشتے کی ایک خالہ کے ہاں ٹھہری تھی۔ جب وہ آکسفورڈ میں تعلیم ہی پا رہی تھی کہ والدین کا انتقال ہو گیا تھا۔ وہ اُسی وقت وطن واپس آجاتی، مگر سرکاری وظیفہ لے کر گئی تھی، اس لیے اُس نے تعلیم مکمل کی۔ جون میں ہندوستان آئی اور جولائی میں اسے یہ جگہ مل گئی۔ عزیزوں میں اپنے قصبے میں ایک ماموں تھے، اور دلی میں یہ رشتے کی خالہ۔ بیچاری کے کوئی اولاد نہ تھی۔ میاں مرکزی سکریٹریٹ میں سینئر گریڈ کے کلرک تھے۔ اپنا گھر تھا، کشادہ، وسیع۔ رعنا جو اُن کے گھر آئی تو گویا گھر آباد ہو گیا۔ ان کو فکر تھی کہ اس کی شادی بھی ہو جائے تو اس کے شوہر کو خانہ داماد بنا کر اس سونے گھر

میں بچوں کی کلکاریاں سنیں، اسی لیے اس کے آتے ہی انھوں نے اس کے لیے موزوں وَر ڈھونڈنا شروع کر دیا تھا۔ سلیم سب سے زیادہ موزوں شخصیت دِکھائی دی تھی۔ بڑی بی کے سامنے تجویز پیش کی گئی تھی، مگر انھوں نے اس معاملے میں اپنی بے بسی ظاہر کی تھی۔ ''میری بھی یہی تمنا ہے کہ گھر میں بہو آئے۔ میں بھی پوتا پوتی کھلاؤں، مگر سلیم کو جیسے شادی کے نام ہی سے چڑھ ہے۔'' رعنا سے یہ باتیں چھپی نہ تھیں۔ وہ ایک طرح سلیم سے دل ہی دل میں خفا تھی۔ وہ صورت، شکل، تعلیم وتہذیب کے اعتبار سے ایسی تو نہ تھی کہ اس کے معاملے میں اس قسم کی بے رُخی برتی جائے۔ اس لیے اس نے جب بھی سلیم کو پارٹی وغیرہ میں دیکھا تو ایک معاندانہ نظر سے دیکھا اور اسے نرگسی اور گھمنڈی قرار دیا۔

مگر کل سے وہ خود بین و مغرور ایک دوسری ہی صورت میں دِکھائی دیا۔ ملنسار، با اخلاق، درد مند، باوفا، سچا عاشق۔ بڑی قسمت والی تھی جہاں آرا جو اس جیسا چاہنے والا اسے ملا۔ اے کاش......اور اُس نے منہ پر لحاف کھینچ کر اپنے خیالات کو بھی اس طرح چھپانے کی کوشش کی گویا کوئی کھڑا انھیں اس کے چہرے سے پڑھتا جاتا ہے۔

ویسے ہی سلیم نے کروٹ لے کر نیچے جھانکا۔ برتھ میں جو حرکت ہوئی تو رعنا نے منہ سے لحاف ہٹا کر اُوپر دیکھا۔ نائٹ بلب کی ہلکی روشنی میں اس کی آنکھیں چمکیں۔ سلیم نے ہاتھ بڑھا کر روشنی کرتے ہوئے پوچھا ''کیا آپ سوگئیں؟'' رعنا نے گھٹی گھٹی آواز میں کہا ''نیند کسی کی باندی نہیں کہ بلاتے ہی دوڑی آئے۔''

اُس نے پوچھا ''تو پھر اجازت دیجیے کہ میں آپ سے کچھ ضروری باتیں کروں۔''

اُس نے تکلفاً کہا ''لیکن رات بہت ہوگئی۔''

سلیم نے برتھ سے اُترتے ہوئے کہا ''تو اس سے کیا ہوا؟ بعض راتیں 'رت جگے' کی ہوتی ہیں۔ پھر نہ جانے کبھی اس طرح اطمینان سے باتیں کرنے کا موقع ملے نہ ملے!''

رعنا گھبرا کر اُٹھ بیٹھی اور اپنے کپڑے برابر کرنے لگی۔ وہ بے خیالی میں بے تکلفی برت گیا۔ اسی کے بستر پر بیٹھ گیا۔ رعنا نے مزید گھبراہٹ سے کہا ''تو آپ کرسی پر تشریف رکھیے نا۔''

سلیم نے اپنی احمقانہ بے تکلفی محسوس کی۔ اُس نے کہا ''ارے معاف کیجیے گا۔'' اور کرسی پر بیٹھ گیا۔ تھوڑی دیر دونوں طرف خجالت کی خاموشی رہی۔ پھر سلیم نے ایک سگریٹ جلائی۔ کئی

لمبے لمبے کش لیے اور کہا ”میں آپ سے ایک بات دریافت کرنا چاہتا ہوں۔“

رعنا نے کہا ”فرمایئے۔“

اُس نے کہا ”میرے گھر نہ بسانے کی وجہ سے تو آپ واقف ہی ہو گئیں۔ میں آپ سے یہ دریافت کرنا چاہتا تھا کہ آخر آپ نے آج تک شادی کیوں نہ کی؟“

رعنا کا چہرہ سرخ ہو گیا۔ اُس نے کہا ”آپ کو اس طرح کے ذاتی سوالات کرنے کا کیا حق ہے؟“

سلیم نے کہا ”اسی حق کے حاصل کرنے کے لیے تو پوچھ رہا ہوں۔“

وہ خاموش رہی۔ اُس کے چہرے پر ایک رنگ آتا ایک جاتا رہا۔ سلیم نے کہا ”کیا آپ بھی میری طرح کسی سے زبان ہار بیٹھی تھیں؟“ وہ پھر بھی چپ رہی۔ وہ بولا ”آپ کو جو سب سے زیادہ پیارا ہو اُسی کے سرِ عزیز کی قسم بتا دیجیے۔“

وہ بولی ”آپ تو بچوں جیسی ضد کرتے ہیں۔“

اُس نے مسکرا کر کہا ”اب آپ خدانخواستہ ایسی بوڑھی بھی نہیں کہ میں آپ کے سامنے بچہ معلوم ہوں۔“

وہ جھنجھلا کر بولی ”دیکھئے، میں اسی لیے اکیلے کوپے میں آپ کے ساتھ سفر کرنے سے جھجکی تھی۔“

وہ بولا ”یہ جھجک تو آپ کی فطری تھی۔ ہر جوان عورت کو غیر مرد کے ساتھ اکیلے ڈبے میں سفر کرنے سے پرہیز کرنا چاہیے۔ مجھے اس پر کوئی اعتراض نہیں، مگر میرے سوال کا جواب دینے میں کیا برائی ہے وہ میں نہیں سمجھ سکتا۔ آپ آکسفورڈ کی ٹرائی پوس ہیں، یونیورسٹی میں لکچرار ہیں، معلمہ ہیں، کوئی ناسمجھ بچی نہیں ہیں کہ آپ سے آپ کی آئندہ زندگی کے متعلق باتیں نہ کی جاسکیں۔“

رعنا نے 'آئندہ زندگی' کے لفظ پر اُسے بغور دیکھا، پھر نظریں نیچی کر کے بولی ”جی، اس لیے کہ کسی رشتے میں والدین نے کیڑے نکالے، کسی میں مَیں نے۔“

وہ ہنس کر بولا ”تو اب تو اکیلے آپ ہی کو فیصلہ کرنا ہے، اس لیے میرے ساتھ رشتہ کرنے میں آپ ہی کیڑے نکالیے۔“ وہ عجیب بوکھلاہٹ سے سلیم کا منہ تکنے لگی۔ وہ بولا ”مَیں

اُوپر کی برتھ پر لیٹا یہی سوچتا رہا۔ مَیں نے آپ کو مجمع میں بھی دیکھ لیا، اکیلے بھی دیکھ لیا۔ آپ نے بھی میرے ساتھ دوراتیں کاٹیں، دن بھر ساتھ رہا، غمی و پریشانی بھی ساتھ جھیل لی۔ اب کچھ دِنوں خوشی سے ساتھ ساتھ کیوں نہ کاٹیں؟"

وہ رُک رُک کر بولی "مگر..... مگر..... ان چند گھنٹوں کے ساتھ میں..... نہ آپ نے مجھ کو پہچانا، نہ میں نے آپ کو۔"

وہ بحث کرنے والے انداز میں بولا "کیا کوئی کسی دوسرے کو ایک عمر ساتھ رہ کر بھی پہچان سکتا ہے؟"

وہ تڑسے بولی "کیا جہاں آرا نے آپ کو اور آپ نے جہاں آرا کو نہ پہچانا تھا؟"

اُس نے کہا "کیا خاک پہچانا تھا؟ اسے یہ کیا معلوم کہ مَیں نے یہ یقین کر لیا تھا کہ وہ اپنے وعدے، اپنی قسمیں بھول گئی، اور غم و غصہ میں شراب پی کر بیخود رہا اور بیسیوں عورتوں سے دل بہلایا۔ وہ مجھے وفا کا پتلا سمجھتی رہی اور میں نہ جانے کتنی دفعہ پھسلا، گرا، تب کہیں جا کر سنبھلا۔ اور وہ بھی اس لیے کہ مجھ پر ذمہ داریاں آ پڑیں۔ ماں کی، بھائیوں کی، بہنوں کی اور سب سے زیادہ عہدے کی!"

وہ نخرے سے مسکرا کر بولی "آپ نے ابھی بیسیوں دل بہلانے والیوں کا ذکر کیا، تو کیا اس وقت کی گفتگو اس لیے چھیڑی ہے کہ ان کی تعداد میں ایک اور بڑھا کر اکیسویں دل بہلانے والی مہیا کر لیں؟"

وہ جھنجھلا اُٹھا۔ اُس نے کہا "جی، میں آپ سے دل بہلانے کی باتیں نہیں کر رہا ہوں بلکہ ایک تنہائی سے عاجز آئے ہوئے انسان کی طرح رفاقتِ حیات کی درخواست کر رہا ہوں!"

رعنا نے نیچے کا ہونٹ ہلکے ہلکے چبا کر کہا "میرا رشتہ ایک جگہ طے ہو چکا ہے اور پندرہ دن میں شادی ہونے والی ہے۔"

وہ چپ ہو گیا۔ ریت پر بنا ہوا محل ڈھ گیا۔ اُس کے چمکتے چہرے پر اُداسی کا سایہ دوڑ گیا۔ اُس نے سگریٹ جلالی۔ کرسی سے متصل کھڑکی کا شیشہ اُٹھا کر تھوڑی دیر باہر دیکھتا رہا۔ پھر آدھی پی ہوئی جلتی سگریٹ باہر پھینک کر شیشہ گرایا، اور "شب بخیر" کہتا ہوا اپنی برتھ پر لیٹ کر

روشنی بجھادی۔ رعنا کے دل پر اس شکست خوردہ اُداس انداز نے بڑا اثر کیا۔ وہ مجوزہ شوہر کا سلیم سے مقابلہ کرنے لگی۔ یہ شخص جو باوجود اپنی ذہانت، اپنی قابلیت، اپنی جسمانی خوبصورتی، اپنے بلند عہدے کے اتنے دِنوں سچی محبت سے محروم رکھا گیا، کیا اس پر قابلِ ترجیح نہیں جو دوسروں کی پسند سے چنا گیا ہے، جو نہ دُنیاوی جاہ و مرتبے میں اس کے برابر ہے اور نہ مردانہ حسن اور صورت وسیرت میں؟ اس کے دل میں جنگ سی ہونے لگی۔

ادھر سلیم کو زندگی کے اس گھپ اندھیرے میں ستارے کی طرح ایک دلیل چمکتی دِکھائی دی۔ وہ فوراً روشنی جلا کر نیچے اُتر آیا۔ رعنا نے، جواب تک لیٹی نہ تھی، اسے گھبرا کر دیکھا۔ وہ کرسی پر بیٹھ کر بولا ''یہ رشتہ آپ نے خود پسند کیا ہے یا دوسروں نے طے کیا ہے؟''

رعنا نے کہا ''عزیزوں بزرگوں میں صرف ایک ماموں اور ایک خالہ رہ گئی ہیں۔ یہ انھیں نے طے کیا ہے۔''

اُس نے ایک وکیل کی طرح جرح کی ''آپ ان صاحب سے کبھی ملی بھی ہیں؟''

وہ بولی ''نہیں، صرف فوٹو دیکھا ہے۔''

وہ کرسی سے اُٹھ کر کھڑا ہوگیا ''آپ نے میرا اور جہاں آرا کا قصہ سن کر کہا تھا، ہمارا سماج بڑا ظالم ہے، اپنے شکنجے میں کس کر نہ جانے کتنی بچیوں کا خون کرتا ہے۔ کیا آپ نے اپنا حقِ انتخاب چھوڑ کر خود کو اس شکنجے میں نہیں پھنسالیا ہے؟''

وہ بولی ''آپ بیکار کی بحثیں کرتے ہیں۔ میں نے بھی تو ہاں کردی، پھر اپنا حق کہاں چھوڑا؟''

سلیم نے اپنی وکالت کی ''تو پھر اپنے فیصلے پر نظرِ ثانی کیجیے۔ اس وقت ایک اکیلا دعویدار تھا، اب تو میں بھی درخواست لیے سامنے کھڑا ہوں۔''

وہ ہارتے ہوئے لہجے میں بولی ''لیکن اگر میں اپنی بات سے اب پلٹوں تو لوگ کیا کہیں گے؟''

وہ بولا ''اس مسئلے میں لوگوں کا کہنا اتنا اہم نہیں ہے، جتنا کہ آپ کی پوری زندگی کا سوال اہم ہے۔''

وہ عاجز آنے والے لہجے میں بولی ''آپ بہت پریشان کرتے ہیں۔''

وہ بولا ''میں بھی تو تنہائی کی زندگی سے پریشان ہوں۔'' اور اُس نے رعنا کو ایسی فریادی نظر

سے دیکھا جیسے وہی اکیلی اس تنہائی کو دُور کرسکتی ہے۔ اور ستائیس برس کی رعنا کو اپنی ضرورت کی اہمیت کے احساس نے سپر انداختہ کر دیا۔ اُس نے دونوں ہاتھوں سے منہ چھپالیا اور سر جھکا کر اپنے اُٹھے ہوئے گھٹنوں پر رکھ لیا۔ سلیم نے اس کے جھکے ہوئے سر کو آہستہ آہستہ تھپتھپا کر کہا ''ہم دونوں پڑھے لکھے ذمہ دار لوگ ہیں، ہم ایک دوسرے پر بھروسہ کر سکتے ہیں کہ اگر ہم اپنی خوشی سے کوئی نئی ذمہ داری اپنے سر لیں گے تو اسے کماحقہٗ نبھائیں گے ہی! ہم یقینی اپنے اپنے فرائض کے ادا کرنے میں پورے اُتریں گے۔''

رعنا نے چہرے سے ہاتھ ہٹا کر اسے بڑی بے بسی سے دیکھا۔ سلیم نے کہا ''اس میں کوئی جبر و ظلم و تشدد کا پہلو نہیں۔ یہ تو خوشی کا سودا ہے۔ اس لیے اسے تو ہنس ہنس کر طے کرنا چاہیے۔'' رعنا نے مسکرا کر منہ چھپالیا۔ وہ بولا ''اچھا اب آپ آرام سے سوئیے۔ مجھے بھی اب نیند آجائے گی۔ اب دلّی پہنچے پر مزید باتیں ہوں گی۔''

وہ اپنی برتھ پر چڑھ کر روشنی گل کر کے اطمینان سے سو گیا۔ رعنا کب سوئی، کب جاگی، اسے خبر نہیں۔ لیکن جب چھ بجے وہ ہاپوڑ کے قریب جاگا تو اُس نے دیکھا ڈبے کے باتھ روم سے نہائی دھوئی، نئی خوش رنگ ساری پہنے، بنی سنوری نکل رہی ہے اور اس کے چہرے پر وہ شادابی و تازگی ہے جو جوان رعنا کے لیے مخصوص ہے۔ اُس نے اس تازہ کھلے ہوئے پھول کا کماحقہٗ نظارہ کرنے کے لیے تیز روشنی جلا کر ''گڈ مارننگ'' کہا تو وہ شرما گئی اور مشکل سے جواب سلام دے سکی۔ اس شرمانے میں جو خاص کیف تھا، سلیم اس سے لطف لیتا ہوا برتھ سے نیچے اُترا اور خود بھی سوٹ کیس سے نیا جوڑا نکال کر تولیہ، صابن وغیرہ لے کر باتھ روم میں گھس گیا اور وہاں سے نکلتے وقت جب اُس نے اپنے چہرے پر آئینے میں نظر ڈالی تو اسے اپنے گالوں پر ایک ہلکا سا رنگ دِکھائی دیا، جس پر وہ بے ساختہ مسکرا پڑا۔

ہاپوڑ کے اسٹیشن پر اُس نے ڈبل ٹی آملٹ کے ساتھ منگوائی اور پاپڑ، مٹھائی اور پھل کا اس میں اضافہ کر کے رعنا کے ساتھ ناشتہ کیا۔ پھر اسے کرسی پر بٹھا کر اس کا اور اپنا ہولڈال باندھا اور رات کے پھل اس کے ناشتے دان میں ڈال دیئے۔

ان کاموں سے فارغ ہو کر وہ متانت سے بولا ''مجھے یقین ہے کہ آپ نے میرے حق میں فیصلہ کیا ہوگا۔ اس لیے میں چاہتا ہوں کہ یہ فریضہ آج ہی انجام پا جائے!''

رعنا نے پھر دونوں ہاتھوں سے منہ چھپالیا ”ہائے اللہ! اتنی جلدی کیوں؟“

وہ مسکرا کر بولا ”میں بیالیس برس کا ہو چکا، اسپ عمر تیزی سے بھاگا جا رہا ہے۔ اس لیے مجھے جتنے لمحے بھی آپ کی رفاقت کے مل سکیں گے وہ میرے لیے بڑے قیمتی ہوں گے۔“

وہ رُک رُک کر بولی ”تو آپ یہ باتیں خالہ جان سے چل کر کہیے گا!“

گاڑی دلّی اسٹیشن کے پلیٹ فارم میں داخل ہونے لگی۔ وہ خاموش ہو گیا۔ اسٹیشن سے باہر آ کر سلیم نے ٹیکسی کی۔ رعنا کو پچھلی سیٹ پر تنہا بٹھایا، خود ڈرائیور کی بغل میں بیٹھ گیا۔ چلتے وقت ڈرائیور کو زور سے باڑا ہندوراؤ، رعنا کی قیام گاہ کا حکم دیا۔ مگر راستے میں جھٹکے سے گاڑی دوسری طرف مڑوادی۔ جب جامع مسجد کے پھاٹک پر ٹیکسی رُکی تو رعنا نے گھبرا کر پوچھا ”یہاں کیا کام ہے؟“

سلیم نے کہا ”آیئے چلیے، خدا کے مقدس گھر میں ہم دونوں ساتھ داخل ہولیں، پھر نئی زندگی میں قدم رکھیں گے۔“

جب وہ دونوں اندر پہنچے اور امام صاحب سے ملاقات ہوئی تو سلیم نے اسی وقت نکاح پڑھ دینے کی فرمائش کر دی۔ امام صاحب نے تعجب سے رعنا کی طرف دیکھا۔ اُس نے گھبرا کر سلیم سے کچھ کہنا چاہا ”مگر.... مگر.... خالہ جان....“

وہ بات کاٹ کر بولا ”خالہ جان، میرے بارے میں اپنی پسندیدگی کا اظہار بہت پہلے کر چکی ہیں۔“ رعنا پچھلا سلسلۂ جنبانی یاد کر کے پسینے پسینے ہوگئی۔ سلیم اس کے کان کے قریب منہ لا کر بولا ”میری عمر کی ڈھلتی دھوپ میں اگر رومان کی تھوڑی سی چمک اور گرمی آ جائے تو کیا برائی ہے؟ رحم کرو، رعنا! میں اب پہاڑ سی راتیں تنہا نہیں کاٹ سکتا!“

رعنا کا چہرہ شرم سے گلنار ہو گیا۔ اُس نے گردن جھکا لی اور وہ امام صاحب کے سوالات کے جواب میں ”ہاں“ کے سوا کچھ نہ کہہ سکی۔

انھوں نے خطبہ پڑھا، اس جوڑے کے خوش و خرم زندگی بسر کرنے کی دعا مانگی، اور ایک سو ایک روپے بطور نذر کے، معمولی عذر کے بعد، قبول کر کے انھیں مبارکباد دی۔ اور یہ نئی طرح کے دولہا دلہن اسی ٹیکسی سے سلیم کے فلیٹ پر پہنچے۔

جب ملازم نیچے ٹیکسی سے سامان اُتارنے چلا گیا تو سلیم نے رعنا کو گود میں اُٹھا کر

بیڈروم والی مسہری پر بٹھا دیا۔ پھر وہ مسخرے پن سے سینے پر ہاتھ رکھ کر جھکا اور بولا ''اپنے خاص غلام کا سلام قبول کیجیے گھر کی ملکہ!''

وہ ہنس کر بولی ''آج مجھے ذاتی تجربہ ہوا کہ مرد عورتوں کا کیونکر اغوا کرتے ہیں!''

دونوں ہنسے۔ رعنا کی اس ہنسی میں سلیم کو بالکل پچیس برس والی جہاں آرا کی شیریں جھنکار سنائی دی۔ معاً اس کی نظر دیوار پر آویزاں فوٹو کی طرف اُٹھ گئی۔ اُس نے اسٹول رکھ کر اسے دیوار سے اُتارا۔ رعنا نے اسے سوالیہ انداز سے دیکھا۔ وہ بولا ''اب اس کی جگہ آپ کی تصویر ہوگی!''

اور تصویر کو دراز میں بند کرتے کرتے اُس نے کہا ''آیئے، ایک ایک سورۂ فاتحہ پڑھ کر جہاں آرا کو بخش دیں۔ اُس نے اپنے کو جلا کر ہمارے گھر کا چراغ جلایا۔ خود عمر بھر شمع کی طرح پگھلتی رہی، مگر ہمارے دلوں میں روشنی جلا گئی جو اللہ نے چاہا تو ہماری زندگی بھر نہ بجھے گی!''

رعنا کو پہلی دفعہ اپنے نئے گھر کے ساتھ جہاں آرا کا ذکر برا معلوم ہوا اور جب دونوں نے فاتحہ کے لیے ہاتھ اُٹھائے تو رعنا نے خدا سے دعا مانگی کہ ''اے اللہ! جس طرح جہاں آرا کا دیوار پر لٹکا ہوا فوٹو اُتار لیا گیا ہے اسی طرح میرے شوہر کے دل سے جہاں آرا کی تصویر نکال کر اسی جگہ میری تصویر آویزاں کر دے!''

اور اُس نے اپنی دُعا کو مقبول بنانے کے لیے دونوں بلند ہاتھوں کو سر سے اُونچا کر کے انگلیوں میں انگلیاں پھنسا کر چٹخائیں اور ایک ایسی انگڑائی لی کہ سلیم کی آنکھوں میں شمعیں سی جل اُٹھیں۔

برکت

(ایک سچّی کہانی)

جون کی آخری تاریخیں تھیں۔ پانی ہی کی نہیں خون کی ندیاں بہہ رہی تھیں۔ دوسری جنگ عظیم شباب پر تھی۔ آسام اور برما میں جہاں موسلا دھار بارش تھی، وہاں گولوں، گولیوں اور بموں کی بوچھار بھی قیامت خیز تھی۔ عام شہری ہی نہیں، انگریزی فوجیں بھی جاپانیوں کے سیلاب سے بچنے کے لیے بے سروسامانی کے ساتھ فرار کر رہی تھیں۔ دشمن کے بمبار ہوائی جہاز ڈگڈگی بجاتے کلکتہ تک آ کر منڈلا جاتے تھے۔ قحط زدہ بنگال اپنا سب کچھ پناہ گزینوں اور فوجیوں پر نثار کرنے پر مجبور تھا۔ ان کی راجدھانی آدمیوں سے چھلک رہی تھی۔ گو غلّہ گودام خالی تھے مگر تجوریاں بھرتی جا رہی تھیں۔ نہ جان کی کوئی قیمت تھی، نہ جسم کی۔ عزّت و ناموس بک رہے تھے اور مالدار غریبوں کی لاشوں کے ڈھیر پر چڑھ کر سرکار کی نظروں میں اُونچے سے اُونچے ہو کر خطاب پا رہے تھے۔

مَیں نے حسبِ معمول گرمیوں کی چھٹیوں کا مہینہ پٹنہ میں کاٹا تھا۔ جب نواب زادہ جیسے دوست اور بھائی کے خلوص کی ٹھنڈک ملے تو آدمی دارجلنگ، مسوری، نینی تال اور شملہ کی فکر کیوں کرے؟ اس دن اسی جنت کا نکالا چھوٹی لائن سے گھر جا رہا تھا۔ پٹنہ سے سونپور تک اسٹیمر سے آیا تھا۔ دریا میں بڑا تموّج تھا اور ہمارا اسٹیمر دھارے کے خلاف چل رہا تھا۔ بڑے بڑے موجے اُٹھتے اور اسٹیمر سے اس زور سے آ کر ٹکراتے کہ ڈک پر بیٹھے اور کھڑے مسافروں کو فوارے میں نہانے کا مزہ آ جاتا۔ کوئی ہنستا، کوئی چیخ اُٹھتا، کوئی بلبلاتا، کوئی گالی بکتا۔ اس میں زنانی، مردانی، بوڑھی، جوان، بچکانی ہر طرح کی آوازیں ملی جلی ہوتیں۔ میں سیکنڈ کلاس کا مسافر تھا۔ میں عرشے پر بیٹھا، ان گلاب پاشیوں سے محظوظ اور ان آوازوں کی شیرینی سے لطف لے

رہا تھا۔ نہ جانے کیوں ہمارے دیش کے مغربی ومشرقی حصوں کے باسیوں کے نرخروں میں بھی فرق ہے۔ ایک کی آواز کرخت، سخت، دوسرے کی آواز ایسی میٹھی کہ آپ کان سے سنیں گے، مگر آپ کی زبان کو شہد کا ذائقہ ملے گا۔ پھر عرشے پر بیٹھنے والے کو درد بھری آوازیں بھی میٹھی ہی لگتی ہیں۔ بام پر رہنے والے ہمیشہ خاک نشینوں کو دیکھ کر مسکراتے ہیں۔ موٹر پر جانے والے پیدل چلنے والوں کو گرد میں غلطاں بنا کر ہنستے ہی ہیں۔ میں اپنے کو عام انسانی کمزوریوں سے بالاتر نہیں ثابت کرنا چاہتا۔ مجھے بھی ڈک والوں کے ساتھ ہمدردی کم تھی، ان کی بے قراری میں مزہ زیادہ آرہا تھا۔ ذرا سوچئے تو سترہ اٹھارہ برس کی ایک سانولی سلونی دیہاتن، میلی ساڑی میں ملبوس، جسم کے ہر گوشے کو ڈھکے ہوئے، ایک بیالیس تینتالیس برس کے مدرّس کے لیے کیا کشش رکھتی ہے اور اس کے جمالیاتی ذوق کو کیسے برانگیختہ کرسکتی ہے؟ لیکن جب وہی بھیگ جاتی ہے، اس کے سیاہ بالوں میں پانی کے قطرے موتی گوندھ دیتے ہیں، چہرے کو بوندیں دُلہن کے چہرے کی طرح 'چیت' دیتی ہیں، ساری کا ہر حصہ جسم سے چپک کر اس کے ہر نشیب وفراز کو، اس کی ہر کاوا کی اور عمودیت کو ظاہر کر دیتا ہے، تو وہ لائقِ صد تماشا بن جاتی ہے یا نہیں؟ میں معلم و مدرّس، یہ بھول گیا کہ ان بوڑھوں، بچوں اور عورتوں میں زیادہ تر وہ تھے جو اپنے چہیتوں کو لام پر بھیجنے، یا اسٹیشنوں اور ہوائی اڈّوں پر دیکھنے یا اسپتالوں میں ان کے کٹے پٹے جسموں پر اپنے نرم یا کھردرے ہاتھوں کا مرہم رکھنے پٹنہ گئے تھے اور اب گھر کے دھندے انھیں واپس لیے جا رہے تھے۔ مجھے عرشے پر بیٹھنے والے کو ان کے دلوں کے زخم کی کیا فکر تھی؟ میں تو یہ دیکھ رہا تھا کہ ایک دوشیزہ پانی میں بھیگی ڈک کے اس حصے پر کھڑی ہے جو عرشے سے دِکھائی دیتا ہے اور اس کا جسم میلی ساری میں بھی اتنا حسین ہے کہ حسن کے بین الاقوامی مقابلے میں پیش کیا جاسکتا ہے۔

عرشے پر کینوس کی چھت کا سایہ تھا۔ یوں بھی گہرے بادلوں کے رُخِ روشن پر مشرقی دُلہنوں جیسا لمبا گھونگھٹ کھینچ رکھا تھا۔ ہوا اتنی تیز تھی کہ میری شیروانی کے دامن اور میرے بڑے مہری کے پائجامے کی پھڑ پھڑاہٹ سے رقص کے تال، سم پیدا ہوتے تھے۔ مَیں انسانی جسم کی غیر موزوں شکلوں پر اور پھر ان کے مجموعے کے حیرت انگیز حسن اور بے پناہ کشش کے اسباب پر غور کرنے لگا۔ میں نے سوچا حسن نہ کسی جسم میں ہے، نہ دیکھنے والے کی آنکھوں میں، بلکہ صرف تماشائی کے جذبے میں۔ میں جس منظری کیفیت وموسمی خوشگواری پر مسرور ہو رہا

ہوں وہی ڈک والوں کے لیے بھانک اور تکلیف دہ ہے۔ یہ کیوں؟ اور مجھے دفعتہً جنگ یاد آ گئی۔ جلتے ہوئے شہر، پھڑکتی ہوئی لاشیں، بموں کا طغیان، منڈلاتے ہوئے گدھ، اور میں نے نصف زینہ اُتر کر نیچے نظر ڈالی۔ پورے ڈک پر سوائے دو تین فوجی بھرتی کرنے والے جوانوں کے کسی کے چہرے پر نہ بشاشت تھی نہ مسکراہٹ۔ ڈک بھیگا ہوا تھا، مسافر بھیگے تھے، کچھ بوڑھے اکڑوں بیٹھے بیڑی کے کش لے رہے تھے۔ ہر ایک کے چہرے پر فکروں کی، دُکھوں کی لکیریں پڑی ہوئی۔ کچھ بوڑھیاں خاموش سر جھکائے بیٹھی تھیں، دو ایک ایک دوسری بڑھیا کے کھچڑی میل سے اٹے، بالوں سے جوئیں پکڑ کر چٹاچٹ مار رہی تھیں۔ کچھ مائیں گود کے بچوں کو گلے سے چمٹائے تھیں، یا ساڑی کے پلّو کا آڑ کیے اُنھیں دودھ پلا رہی تھیں، اور ایک جوان لڑکی بھیگی ہوئی ساڑی میں کھڑی، عرشے کے زینے سے ٹیک لگائے، سردی سے کانپ رہی تھی۔ میرے ہولڈال اور سوٹ کیس میں سوتی اور ریشمی کئی چادریں تھیں۔ بے ساختہ جی چاہا انھیں کھول کر اسے کوئی چادر اُڑھا دوں، مگر دیکھنے والے سگریٹوں پر لمبے لمبے کش لیتے ہوئے اُسے للچائی نظروں سے دیکھ رہے تھے، بڑی بوڑھیاں اس پر شک وشبہ کی نظریں ڈال رہی تھیں، بوڑھوں نے گو اس کی طرف سے منہ پھیر لیا تھا، مگر اسے کنکھیوں سے دیکھتے جاتے تھے۔ جوان مائیں اس کو ایک طرح کا خطرہ سمجھ رہی تھیں، مَیں دوسرے مذہب وملت کا آدمی، دوسرے طبقے کا انسان، عرشے کا مسافر، اگر میں اس طرح کی نیکی بھی کروں تو لوگ اسے کیا سمجھیں گے؟ میرے متعلق کیا رائے قائم کریں گے؟ یقینی اس طرح کے فعل کو 'ڈورے ڈالنا' سمجھیں گے اور گھر پر جو بیوی کو چادروں کا حساب دینا پڑے گا، تو اس وقت کیا کہوں گا؟ کیا ان کو میری نیک نیتی پر، انسانی ہمدردی پر یقین آئے گا؟ عقل نے راہِ پناہ بھائی۔ ''چند منٹ میں سون پور آ جائے گا بلکہ دیکھو اس کے نشانات ابھی سے دِکھائی دے رہے ہیں، جذبات میں نہ بہو۔'' غرض میں اُلجھتا ہوا پھر عرشے پر چڑھ آیا۔ بے وجہ اپنے کو مشکوک ومشتبہ بننے کے وسواس نے مجھے ایک احمقانہ نیکی سے بچالیا!

گھاٹ سے اسٹیشن تک کے لیے بڑی مشکلوں سے ایک قلی ملا۔ یہ کوئی جوان نہ تھا، ایک پچاس سالہ بوڑھا تھا، اس کے چہرے مہرے سے معلوم ہوتا تھا کہ اُسے تنفسی دَورے بھی پڑتے ہیں، لیکن نہ اس کے پاس دوا کے دام ہیں اور نہ اس گرانی میں پیٹ بھر کھانے کے پیسے۔ جب وہ ہانپتے ہوئے میرا سوٹ کیس برتھ کے نیچے رکھ کر اور ہولڈال کھول کر برتھ پر بستر بچھانے لگا تو

میں نے اپنے ضمیر کو مطمئن کرنے کے لیے کہا۔ ''نہیں رہنے دو، میں بچھالوں گا'' اور اسے مقررہ مزدوری سے دُگنے پیسے دے دیئے۔ وہ کھیسے نکال کر جب نمستے کر کے دعائیں دیتا چلا گیا تو مَیں نے ایک برتری و بلندی سی محسوس کی۔ ''مَیں بھی اس قابل ہوں کہ مَیں دو چار پیسوں کے عوض لوگوں کی دعائیں خرید سکتا ہوں!'' اسی جذبے کے ساتھ مَیں نے ہولڈال خود کھول کر بستر بچھایا اور جوتے کے فیتے کھول کر لیٹنا چاہا۔ مگر ویسے ہی یاد آیا ''ارے لیٹ تو لوں گا، مگر کتاب کہاں؟''

میرے لیے سفر میں دو چیزیں ضروری ہیں۔ ایک تو لیٹنے کی جگہ، دوسرے دو تین انگریزی ناول۔ کمر اور پیٹھ کی وہ ساری اسپرنگیں جو دس سے چار تک اسکول اور کالج میں کرسی پر بیٹھتے یا کلاس میں کھڑے ہو کر پڑھاتے وقت میرے جسم کو کسے رہتی ہیں، سفر میں بالکل ہی کھل جاتی ہیں۔ مَیں بغیر کمر سیدھی کیے سفر نہیں کر سکتا۔ میرا دوسرا لازمی ہم سفر ہے ناول، یہ لباس کی طرح ہر وقت ساتھ رہتا ہے۔ ناول بینی میرا مرض ہے۔ چار پانچ گھنٹے روزانہ اس کی نذر کرنا ضروری ہیں۔ نیا نہ ملے گا تو پرانا ہی سہی، مگر اس کی مزاولت میں فرق نہ آئے گا۔ بغیر اس کے نہ تو اچھی نیند آتی ہے، نہ جاگتے میں سکونِ قلب میسر ہوتا ہے، اور سفر تو بغیر اس کے کٹ ہی نہیں سکتا۔ مہندر و گھاٹ سے سوار ہوا تھا۔ وہاں کوئی بک اسٹال نہ تھا، سون پور میں موجود تو تھا ضرور، مگر ڈبے میں مَیں اکیلا تھا۔ سوٹ کیس اور بستر چھوڑ کر چلے جانے میں ان کے چوری جانے کا خطرہ تھا۔ اس زمانے میں چوریاں ڈکیتیاں بہت بڑھ گئی تھیں، جہاں کوئی مجرم پکڑا گیا، اُس نے جھٹ اپنے کو فوج میں بھرتی کرا لیا۔ پھر نہ کوئی مقدمہ چلتا اور نہ تھانے پولیس والے رپٹ لکھتے۔ غرض میرے لیے ڈبے کی تنہائی بھی قیدِ تنہائی بنی۔ کھڑکی سے سر نکال کر اِدھر اُدھر دیکھا، اپنا بوڑھا قلی بھی نہ دِکھائی دیا کہ اسی کو سامان کی حفاظت پر سونپ کر کے بک اسٹال سے کتاب خرید لاتا۔ دِکھائی دیا تو ٹرین کا گارڈ سیٹی بجاتا، سبز جھنڈی ہلاتا ہوا۔

مجبوراً اپنی سیٹ کی طرف آ کر میں نے سوٹ کیس کی تلاشی لی۔ اپنے ہی کچھ مسودے ملے، سادے کاغذ کا پیڈ اور پنسل نکالی۔ سوچا لاؤ آج کے سفر میں کوئی کہانی لکھ ڈالوں، مگر میں تو مصرعِ طرح والے غزل گو شعرا جیسا افسانہ نویس ہوں۔ مدیروں یا دوستوں کے تقاضے میرے لیے مصرعِ طرح کا کام دیتے ہیں۔ اس وقت کسی مؤقر جریدے کے مدیر کے خط کا خیال نہ آیا۔ ایسے ویسے پرچے تو مضمون اور افسانے مانگا ہی کرتے ہیں۔ ان میں لکھنے سے ان کی تو

شہرت ہوتی ہے اور اپنی وقعت گھٹتی ہے۔ معاوضہ دینے کا اُردو کے رسالوں میں اس وقت رواج ہی نہیں تھا، بس دو ایک پنجاب والے تو بیس پچیس دے دیتے تھے، ورنہ یو پی والے سوکھا ٹرخاتے تھے۔ پھر لکھنے کا فائدہ ہی کیا، نہ تو صاحبانِ نظر نے اُسے پڑھا اور نہ پیسا ہی ہاتھ آیا۔ نہ خدا ہی ملا، نہ وصالِ صنم! پھر بھی وقت کیونکر کاٹا جائے۔ لاکھ لاکھ دماغ پر زور دیا، کروٹیں بدلیں، بائیں کروٹ لیٹ کر کہنی کے نیچے تکیہ دبایا، شیونگ سیٹ سے ایک بلیڈ نکال کر پنسل کی نوک باریک سے باریک تر کی۔ اس کے بے بنے حصے کو دانتوں سے خوب خوب دبایا، کاٹا، چبایا مگر سوائے اسٹیمر کے سفر کے منظر کے کہانی آگے نہ بڑھی۔

بارے چھپرے کا اسٹیشن آ گیا۔ گاڑی کے اسٹیشن میں داخل ہوتے ہی میں دروازہ کھول کر کھڑا ہو گیا۔ اسٹیشن پر کافی چہل پہل تھی، میرا ڈبہ اتفاق سے وہیلر کی دُکان کے سامنے ہی آ کر رُکا۔ میں نے چاہا جھپٹ کر ایک اسٹال سے دو ایک کتابیں لے لوں، مگر ویسے ہی ایک جوان سیٹھ کئی آدمیوں کے ساتھ ڈبے میں داخل ہونے کے لیے بڑھے۔ دو تو مزدور تھے۔ ایک کے سر پر ایک قیمتی سوٹ کیس تھا، دوسرے کے سر پر ایک نیا ہولڈال اور منیم جی کے ہاتھوں میں ایک چمڑے کا بیگ اور ایک بے ٹونٹی کا جرمن سلور کا لوٹا اور اس کے اندر اُسی دھات کا ایک گلاس۔ مَیں اپنی سیٹ پر آ کر بیٹھ گیا۔ دل میں سوچا، یہ لوگ اپنی اپنی جگہ لے لیں تو مَیں بک اسٹال جاؤں۔ مزدوروں نے سوٹ کیس اوپر کی برتھ پر اور ہولڈال نیچے کی برتھ پر رکھا۔ منیم جی نے بٹوا، لوٹا، گلاس سب اُوپر ہی رکھ کر، ہولڈال اپنے ہاتھ سے کھولا۔ بستر بڑے احتیاط سے بچھایا، چادر کی شکنیں بڑے احترام سے برابر کیں اور سیٹھ صاحب اس پر بیٹھ گئے۔

یہ کوئی تیس پینتیس برس کے جوان تھے، ساڑھے پانچ فٹ قد، گورا رنگ، ذرا پیلا پن لیے ہوئے، پیشانی چوڑی، بھنویں گھنی، ناک کا بانسہ پھیلا ہوا، آنکھیں اوسط، مگر اُن کی پتلیوں میں خلافِ معمول بڑی عیارانہ چمک، چھوٹی چھوٹی سیاہ مونچھیں، ہونٹ ذرا موٹے، گھٹی ہوئی ٹھوڑی ذرا نوکیلی، گردن نسبتاً چھوٹی اور موٹی، ہاتھ پاؤں متناسب۔ سب پر ایک پگڑی نما مندیل تھی، جو کسی قیمتی کپڑے کی تھی، اس لیے کہ بار بار چمکتی تھی، جو کسی قیمتی کپڑے کی تھی، اس لیے کہ بار بار چمکتی تھی۔ جسم میں ایک بنگالی ریشمی کرتا تھا، جس کے گلے کے بٹن سونے کے تھے، ٹانگوں میں نہایت ہی باریک سفید کنارے دار دھوتی تھی اور پاؤں میں کڈ کا نوک دار سیاہ پمپ تھا۔ ایک کان میں ان کے ایک ہیرے کا آویزہ تھا اور انگلی میں ہیرے ہی کی انگوٹھی۔

سیٹھ صاحب بستر پر لیپ اُتار کر چار زانو بیٹھ گئے۔ انھوں نے سر پر سے پگڑی بہت آہستہ سے اُتاری، اسے منیم جی کی طرف بڑھایا، انھوں نے بڑے احترام سے بلاتشبیہ جس طرح مسلمان قرآن کو لیتا ہے، اپنے آقا کے دستِ مبارک سے اس مقدس سرپوش کو لیا اور اسے سوٹ کیس کی رحل پر رکھ دیا۔ سیٹھ صاحب نے مزدوروں سے کہا ''تم لوگ جاؤ'' ان کے ساتھ ہی میں ڈبے سے نکل آیا۔

میں بک اسٹال سے دو وائلڈ ویسٹ ناول خرید کر پلٹا۔ ممکن ہے آپ کو میری پسند پر تعجب ہو، مگر میں کیا کروں، مجھے جاسوسی اور جنسی ناولوں سے کہیں زیادہ 'کاؤبوائز' (گوالوں) کے یہ قصّے ہی اچھے معلوم ہوتے ہیں۔ ان میں اچھے بُرے کردار شروع ہی سے نمایاں ہوتے ہیں۔ سپید و سیاہ ملا کر عجوبہ سیرتیں نہیں پیش کی جاتی ہیں، اور نہ تحلیلِ نفسی کی افراط ہوتی ہے۔ یہ کھلی فضا میں زندگی بسر کرنے والے جفاکش گنوار گھونسے بازی کرتے ہیں۔ شرابیں پیتے ہیں، لڑتے ہیں، مرتے ہیں، اور ان کے خونیوں تک میں مردانگی، جوانمردی اور غیرت وحمیت کے وہ جوہر ہوتے ہیں، جو میری رومان پسند طبیعت کو انسان کے اشرف المخلوقات ہونے کا یقین دلاتے ہیں۔

مَیں جب ڈبے میں داخل ہوا تو منیم جی جا چکے تھے اور سیٹھ جی بستر پر دراز تھے۔ میری چیزیں بھی اپنی اپنی جگہ پر تھیں، ان کی چیزیں بھی۔ صرف چمڑے والا بیگ اب تکیے سے نصف دبا سرہانے تھا۔ وہ خود میری سیٹ کی جانب پشت کیے ہوئے لیٹے تھے۔ مَیں نے نئے ناول کے مطالعہ کو ترجیح دی اور تھوڑی دیر میں اپنے نکسن ہیرو اور اس کے مشکی گھوڑے کے کارناموں میں اس طرح محو ہوا کہ میں سیٹھ جی کے وجود ہی کو بھول گیا۔ گاڑی چلتی رہی، ہر چھوٹے سے چھوٹے اسٹیشن پر مسافر اُترتے، چڑھتے اور شور مچاتے رہے، مگر سیٹھ جی خرّاٹوں کے ساتھ سوتے رہے۔ میں ناول پڑھنے میں محو رہا۔ کوئی ہمارے ڈبے میں نہ آیا۔

بلیا کے اسٹیشن پر ایک اور سیٹھ داخل ہوا۔ یہ صورت شکل، قد وقامت، وضع قطع سے بالکل سیٹھ تھا۔ کالا بھی اور موٹا بھی اور ٹھگنا قد اور چھوٹی ٹانگوں پر بڑی سی توند کا بوجھ بھی سنبھالے ہوئے تھا۔ اس نے عرض والی برتھ پر قبضہ کیا اور قلی سے مزدوری پر اس قدر زور زور سے جھگڑا کیا کہ پورا ڈبہ گونجنے لگا۔ قلی امریکی سپاہیوں سے روپیہ دو روپیہ بخششیں پانے کا عادی ہو گیا تھا۔ یہاں سیٹھ چونی تھما رہا تھا، وہ منہ پھلائے کھڑا رہا، بس یہی کہے گیا ''بہت کم ہے، مہنگی

ہے، کال کا سے ہے!'' ہر آدھ آنے پر لڑتے لڑتے بالآخر آٹھ آنے پر صلح ہوئی۔ قلی خفا خفا ادھر گیا اور ''یہ لوٹ ہے لوٹ'' بڑبڑاتا اور ایک چار خانے کے انگوچھے سے منہ پونچھ کر اُسے زور سے ہولڈال پر پھینکتا ہم دونوں مسافر ساتھیوں کی طرف ہمدردی کے لیے پلٹا۔ مگر سوتا فتنہ جاگ گیا تھا۔ وہ کچھ چیں بجبیں ہو کر کہنی کے بل اُٹھ کر اس شور کرتے بنڈ یلے کو دیکھ رہا تھا۔ ادھر میری طرف سے گھومتی ہوئی نظر جب اس رُخ کو گئی تو بجلی کی سی تیزی سے چہرے کا رنگ متغیر ہوا۔ کچھ تعجب، کچھ خوف، پھر احترام کی وہ کیفیت جو کسی بزرگ کو اچانک دیکھ کر کسی سعید چھوٹے کے چہرے پر خوف کے آثار کے ساتھ پیدا ہو جاتی ہے۔ وہ جلدی سے ہاتھ جوڑ کر بولا ''ارے چھما کرنا سیٹھ جی، میں نے شاید آپ کی نیند خراب کر دی۔''

وہ بولے ''نہیں، کوئی بات نہیں۔''

مگر اب وہ کھیسے نکال کر اسی برتھ کی طرف بڑھا۔ ''یہ آپ اِدھر کہاں؟''

وہ اُٹھ کر بیٹھ گیا۔ ''ارے ایک چھوٹا سا اپنا کام یہاں چھپرے میں بھی ہے!''

''اچھا!''

''ہاں، پار سال سے فوج کے لیے گھی کا ٹھیکہ ایک نئے فرم کے نام سے لے لیا ہے۔ وہ یہیں سے سپلائی ہوتا ہے!''

''تو ہوگا یہی پچاس ساٹھ ہزار کا؟''

وہ مسکرایا۔ گویا اسے اس چھوٹے سیٹھ کی کم ظرفی پر ترس آ رہا تھا۔ وہ بولا ''نہیں پار سال چار لاکھ کا تھا، اب کے چودہ لاکھ کا ہے۔''

میں اب تک تو نظریں ناول پر جمائے تھا۔ ان کی باتوں میں زیادہ دلچسپی نہیں لے رہا تھا، مگر جب لاکھوں کی باتیں ہوں تو غریب مدرّس کا دھیان کتاب میں نہیں لگ سکتا۔ ہم جس دولت کا عمر بھر خواب دیکھا کرتے ہیں، وہ ان کا روزمرہ کا کھیل ہوتی ہے۔ ہم جو انھیں عقل و حکمت، اقتصادیات و تجارت کے اصول سکھاتے ہیں، وہ کون سا گُر ہے جو ہمیں نہیں آتا اور انھیں بغیر سکھائے آتا ہے؟ یہ کیا بات ہے کہ گرو گڑ ہی رہتا ہے اور چیلا چینی بن جاتا ہے؟ اس لیے مَیں نے کان کھڑے کیے۔ 'کاؤبوائز' کی دھائیں دھائیں بھولا اور سیٹھوں کی کھسر پھسر پورے دھیان سے سننے لگا۔

موٹے سیٹھ نے ''شیو شیو'' کہہ کر لمبی سانس لی، پھر بولا ''ارے تو اپنا دیس چھوڑ کر

یہاں چھپرے میں کاہے فرم کھولا؟''

گوراسیٹھ بولا'' بنگال میں تو کال تھا۔وہاں گائے بھینس کہاں؟اناج کی طرح گھی بھی غائب تھا۔پھر سارا کام ایک ہی فرم کو دے دیا جائے تو سرکار کی بدنامی ہوتی ہے۔اس لیے نام اور جگہ تو بدلنا ہی پڑتا ہے۔''

موٹا سیٹھ بولا'' تو ہم کو کاہے نہ یاد کیا، ہم جیسے کال کے شمے میں گیہوں، آٹا، چاول، دالیں پہنچایا ویسے ہی گھی کا انتجام بھی کرتا۔ہمارا بھی تو پرورس جروری ہے۔''

گوراسیٹھ ذرا جھڑکنے والے انداز میں بولا۔''تو یہ کال کا سے تھوڑے تھا کہ تم نے سڑا گلا جیسا بھی مال بھیج دیا، وہ سب کھپ گیا۔''

موٹا سیٹھ ٹپٹا کر بولا۔''جی، جی!ایسا نہ کہو۔بڑا شیٹھ کھدٌ بولا تھا، جیسا بھی ہو بس بھیجو۔''

گوراسیٹھ بولا'' وہ تو سے ہی ایسا تھا، سڑا، کیڑا پڑا ہوا بھی روپے کا تین چھٹانک آدھ پاؤ بیچ لیا۔پر یہ تو فوج کا معاملہ ہے۔بس اسی سے سمجھو کہ پارسال چار لاکھ کے ٹھیکے میں بس پچاس ہزار کا نفع ہوا....''

موٹا بولا''ایں، یہ کیسے؟''

گوراہنس کر بولا''ارے ٹھیکہ ملنا کوئی مجاک تھوڑے ہے۔دفتر کے چپراسی سے لے کر ڈائریکٹر جنرل سپلائی تک سب ہی کو تو پرساد چڑھانی پڑتی ہے۔اب کے سوچا تھا لمبی رکم ملے گی، سو وہ بھی یہاں کے آدمیوں نے کام کھراب کیا۔چودہ لاکھ میں چھ لاکھ کے نفع کی امید تھی....''

موٹے سیٹھ نے پھر''شیو!شیو'' کہہ کر لمبی سانس لی۔پھر وہ بڑے احترام سے بولا''چھ لاکھ!''

اس نے کہا۔''ہاں، پر ان مورکھوں نے نجر نجرانے میں کمی کی۔سارا مال دلّی سرکار نے ریجیکٹ کردیا۔پورے آٹھ لاکھ اصل کے بھی ڈوب رہے تھے۔جب ہی تو میں کھدٌ آیا....''

موٹے سیٹھ نے کہا''تو کیا آپ دوسرا مال شپلائی کیا؟''

گوراہنسا۔''انھوں نے مجھ سے کہا تم جا کر دیکھو، یہ کیا گول مال ہے۔میں نے یہاں آ کر پوچھا، اگرٹن صاحب سے ملے تھے، اینٹونی صاحب کے درشن کو گئے تھے۔معلوم ہوا نہیں۔''

موٹے سیٹھ کے پیٹ میں جیسے درد ہو رہا تھا۔پوچھا''یہ کون شاہب لوگ ہے؟''

وہ بولا ''یہ دونوں اپنے ہی کلکتہ سے دلی گئے ہیں۔ جمخانے میں ہمارے ساتھ کے ممبر تھے۔ کال کے سمے میں ایسی ایسی چیج ،ایسی ایسی چیج ....''

اور وہ دفعتہً چپ ہو گیا اور اُس کی آنکھیں نہ جانے کون کون سی صورتیں فضا میں دیکھنے لگیں۔

موٹا ذرا اور کھسکا، اس نے کہا ''میں سمجھا نہیں، شیٹھ!''

گورا دفعتہً چونک کر کھسیانی ہنسی ہنسا اور اس نے موٹے کے پیٹ میں انگلی چھو کر کہا ''ارے تم کیا کرو گے سمجھ کے۔ تمھاری اب وہ عمر ہی نہیں!''

موٹا اپنی خفت مٹانے کے لیے ہنسا ''ہاں بابا ہمارا اب وہ بشن کہاں!'' پھر کچھ سوچ کر بولا ''تو کیا اس کا بھی بیوپار ہوتا تھا؟''

وہ کچھ چڑ کر بولا ''ارے جب پیٹ جلتا ہے تو سب کچھ بکتا ہے۔ ایسے مال کی کھپت پنجاب اور سرحد میں بہت تھی۔ بیسیوں اپنے جانے پہچانے لوگ اس دھندے سے بن گئے۔''

موٹا ہاتھ ملنے لگا۔ بے ساختہ 'شیو شیو' کہا، پھر ذرا گمبھیر ہو کر بولا ''یہ بڑا نیچ دھندا ہے!''

گورے نے جھڑک کر ایک بالکل نیا سرمایہ دارانہ نظریہ پیش کیا۔ ''سیٹھ جی، دھندا اُسی وقت تک اُونچ نیچ ہوتا ہے، جب تک دس پانچ روپیوں کا معاملہ ہو، مگر جب ہجاروں لاکھوں کی بات چیت ہو تو کوئی بھی دھندا نیچ نہیں کہا جا سکتا۔''

موٹے نے سٹپٹا کر کہا ''سچ ہے، ٹھیک بولا آپ!'' وہ جلدی سے اصل موضوع کی طرف پلٹا۔ ''تو آپ شاب لوگوں سے ملا؟''

گورے نے اپنی فتحیابی جھوم جھوم کر اور چٹخارے لے لے کر بیان کی۔ ''ہاں، اگرٹن صاحب، ڈائریکٹر جنرل کے پی اے تھے اور اینٹونی صاحب سارے دفتر کے سپرنٹنڈنٹ، میں نے اگرٹن صاحب سے ملتے ہی رونی صورت بنا کر کہا ''میں تو لٹ گیا! دس بارہ لاکھ ڈوب گئے!'' وہ بولے ''میں کیا کرتا، سرکاری حکم ہے کہ دس فیصدی میل ہو سکتا ہے، چیف کیمسٹ نے رپورٹ دے دی کہ اس میں بیس فیصدی میل ہے!'' میں نے چپکے سے پانچ ہزار کے نوٹ ان کی جیب میں ڈال کے کہا ''کام بنواؤ صاحب۔'' وہ تھوڑی دیر سوچتا رہا، پھر بولا۔ ''اپنے صاحب سے تو چلو ملوا دوں۔ دیکھ وہ کیا کہتے ہیں۔'' اُس کے بعد وہ اکیلے بڑے صاحب کے پاس گیا۔ ان سے کچھ باتیں کر کے مجھے اندر بلا لے گیا۔ صاحب نے کہا ''ویل سیٹھ!'' اور اپنا

ہاتھ ملانے کو بڑھایا۔ مَیں نے جلدی سے جھک کر پاؤں پکڑ لیا۔ ''مَیں مر گیا ہجور! مَیں مر گیا!''
وہ مجھے جھک کر اُٹھانے لگے تو مَیں نے ایک لفافہ ان کے جوتوں پر رکھ دیا۔ اس میں ہجار ہجار کے پچاس نوٹ رکھے تھے۔ انھوں نے مجھ کو اُٹھاتے ہوئے لفافے کو کنکھیوں سے دیکھا۔ میری پیٹھ ٹھونک کر کرسی پر بٹھایا۔ اگرٹن نے چپکے سے میرا کندھا دبایا اور وہ کمرے کے باہر چلا گیا۔ اس کے جاتے ہی بڑے صاحب نے بڑی بے پروائی سے لفافہ اُٹھایا، نوٹوں کی گڈی کو انگوٹھے سے پھڑ پھڑایا، اور اسے اپنے دراز میں ڈال دیا۔ پھر پوچھا ''ویل کیا چاہتا ہے؟'' مَیں نے کہا۔ ''ہجور، میرا مال اتنا کھراب نہیں، گلتی سے نمبر ایک کی جگہ میرے آدمیوں نے نمبر دو کا ٹین بھیج دیا۔ نمبر ایک میں اپنے ساتھ لایا ہوں، وہ جنچوا لیا جائے۔'' انھوں نے گھنٹی بجا کر اگرٹن کو بلایا اور حکم دے دیا کہ چیف کیمسٹ کو ان کا یہ گھی جانچنے کا حکم دے دیا جائے۔ پھر کہا اینٹونی کو بھیج دو۔ وہ آئے تو اُن سے بولے ''تم چیف کیمسٹ کا بنگلہ جانتے ہی ہو، ان کو لے جا کر ان کی میم صاحب کے ذریعے سے ان سے ملوا دو۔'' مَیں نے اینٹونی صاحب کی جیب میں بھی پانچ ہزار ڈالے اور ان کے ساتھ جا کر چیف کیمسٹ کی بیوی کو بھی پچیس ہزار نجر کیے۔ سنا تھا کہ وہ بڑا سخت آدمی ہے مگر یوروپ والا پھولادہی کا کیوں نہ بنا ہو میم صاحبوں کے ہاتھ میں موم کا ہو جاتا ہے۔ اس نے بہت پھوں پھاں کیا مگر میم صاحب نے کہا ''یہ ہمارا آدمی ہے۔ اس کا کام کرنا ہی پڑے گا!''

غرض دوسرے دن پھر گھی جانچا گیا۔ تھا وہی پہلے والا، بس ٹین بدلا ہوا تھا۔ اور ہر ٹین پر نمبر ایک کی مہر لگی تھی۔ اُدھر تو گھی جانچا جانے لگا، اِدھر میں گھسا دفتر میں۔ وہاں بڑا بابو تھا اپنے دیش کا ایک بنگالی۔ اس سے پہلے سے جان پہچان تھی۔ اس نے کہا ''تم کیا سمجھتے ہو کہ اس دفتر میں بغیر چکنائی لگائے کام ہو جائے گا۔ لاؤ بائیں ہاتھ سے نکالو پینٹ سے رقم۔ مَیں نے وہاں بھی دو ہزار دیے۔ صاحب نے بلا کر کہا ''یہ تو وہی گھی ہے، میں بیس سے گھٹا کر اسے پندرہ فیصدی لکھے دیتا ہوں۔ اس سے کم نہیں کر سکتا!'' میں خوشامد کرنے لگا مگر وہ خفا ہو گیا۔ بولا ''ہم کہاں تک بے ایمانی کرے، بس جاؤ۔'' بڑا بابو مجھے جلدی سے اُٹھا لایا۔ صاحب نے پندرہ انگریزی عدد میں لکھا تھا'' دفتر نے بہت آسانی سے اسے تیرہ کر دیا۔ مگر تین ہجار اور لیے۔ دوسرے دن اگرٹن صاحب سے جا کر کہا۔ انھوں نے کہا ''یہاں بھی دفتر میں کھسر پھسر ہے، ان سب کو ملاؤ، نہیں تو کام نہیں بنے گا۔ گھبراؤ نہیں، ہم اور اینٹونی صاحب پھر زور دیں گے کہ

دس کی جگہ تیرہ فیصدی میل کی اجازت دے دی جائے، تو بھائی دفتر میں پانچ ہزار بانٹنے کو دیئے۔ صاحب کے چرن پر بیس ہزار اور چڑھائے۔ حکم نکلا کہ ''جنگ کی ضرورتوں کی وجہ سے دس کی جگہ تیرہ فیصدی میل کی اجازت دی جاتی ہے۔'' اگرٹن اور اینٹونی کو تگڑا ڈنر دیا۔ اچھی سے اچھی شراب پلائی اور ایک ایک بانٹی لونڈیا کا انتظام کیا اور خوشی خوشی گھر پلٹا۔''

موٹے ساٹھ نے ''شیوشیو'' کہہ کے لمبی سانس لی، پوچھا ''کل کتنا کھرچ بیٹھا؟''

موٹے نے دیدے نکال کر کہا۔ ''شیو! شیو! ڈیڑھ لاکھ!''

گورا بڑی بے پروائی سے بولا۔ ''ارے چلو، کیا گھاٹا رہا؟ چھ لاکھ کی جگہ ساڑھے چار لاکھ نفع رہا۔ ساڑھے نو لاکھ اصل پر منافع، پچاس فیصدی سے کچھ ہی کم تو پڑا!! اور پھر اگلے ٹھیکے کے لیے راستہ بھی صاف ہو گیا!''

مَیں سنتا جاتا تھا اور کھولتا جاتا تھا۔ دونوں نے جب اپنی تجارتی حرفتوں کی کامیابی پر فاتحانہ قہقہہ لگایا تو میرا پیمانۂ صبر چھلک اُٹھا۔ مدرّس کو بے راہ روی پر ٹوکنے، جھڑکنے اور ملامت کرنے کی عادت ہو جاتی ہے۔ اسی خراب عادت نے مجھے ان کی آپس کی گفتگو میں دخل در نامعقولات کرنے پر مجبور کیا۔ میں پوچھ بیٹھا۔

''کیوں سیٹھ جی، آپ کے گھی میں دراصل میل کتنا تھا؟''

اس نے ذرا گھبرا کر مجھے دیکھا۔ کوئی خفیہ پولیس کا آدمی سمجھا۔

میں نے کہا ''آپ گھبرائیں نہیں، میں ایک معمولی سا ٹیچر ہوں۔''

چھوٹے نے ناک سکوڑ کر کہا ''کسی اشکول میں پڑھاتے ہو جی؟''

میں اس کے لب و لہجے میں جو حقارت تھی اسے پی گیا۔ میں نے کہا ''جی ہاں، پڑھاتا ہوں، اسی لیے تو پوچھتا ہوں کہ دراصل کتنا میل تھا۔ مجھ کو اس طرح کے سوالات آپ کے بچوں کو روزانہ حل کرانے پڑتے ہیں!''

گورے سیٹھ نے مجھے بے ضرر محسوس کر کے ذرا اطمینان سے جواب دیا۔ ''پچیس فیصدی۔ دس فیصدی تو گوالے گھر سے ملا کر دیتے ہی ہیں، میاں جی! اب پندرہ فیصدی کارخانے میں نہ ملایا جائے تو فائدہ ہی کیا ہو؟''

اس 'میاں جی' کے برمحل استعمال پر جی جل گیا، مگر مَیں نے ضبط کر کے کہا ''سچ ہے، مگر آپ دو باتیں بھول گئے۔ ایک تو یہ کہ یہ گھی ہمارے ہی ہندوستانی فوجی جوان کھائیں گے، ان

کی صحت پر کیا اثر پڑے گا؟''

چھوٹا بات کاٹ کر بولا'' ''ہمارا جوان کنکر پتھر بچالیتا ہے، گھی تو پھر گھی ہی ہے۔ اُس پر وہ تو مرنے جا ہی رہا ہے۔ وہ ہمارا گھی کھا کے مرے یا جاپانی گولی سے!'' اور اس نے اپنی حاضر جوابی پر قہقہہ لگایا۔ بڑا سیٹھ پڑھا لکھا تھا، وہ صرف مسکرا کر رہ گیا۔

مَیں تلملا اُٹھا۔ جی چاہا کہہ دوں ''ہاں تو دونوں برابر ہی ہوئے — آپ اور دشمن!'' مگر بے وقوف مدرّس کی طرح پھر غصہ پی گیا۔ البتہ اپنے فرض سے باز نہ آیا۔

مَیں نے کہا ''آپ نے یہ بھی سوچا کہ رشوت لینا اور دینا دونوں جرم ہیں۔''

دونوں اس طرح اُچھل پڑے جیسے مَیں نے ان کی برتھ کے نیچے پٹاخا داغ دیا ہو۔ چھوٹا سیٹھ سچ مچ خفا ہو گیا۔

وہ بولا ''رشوت، گھوش! بنا گھوش کے دُنیا کا کون سا دھندا چلتا ہے میاں جی؟ یہ ساری دُنیا گھوش پر چلتی ہے! بالک کو چاہتے ہو کہ ہنسے، جھنجھنا دو، رنگ برنگ کا گبارہ دو! گئو ماتا کو چاہتے ہو، دودھ دے، اچھا اچھا چارہ دو۔ پتنی کو چاہتے ہو کہ تمکو اچھا اچھا بھوجن کھلائے، دیکھتے ہی آنکھ مٹکائے، اُس کو گہنا دو، اچھا اچھا وستر دو۔ دین دھرم چاہتے ہو ٹھیک رہے، مندر میں جا کر پرشاد چڑھاؤ، کالی مائی کو بکرا دو! ارے بھگوان تک گھوش لیتا ہے بابا، بھگوان تک! کوئی کام بنا گھوش کے نہ یہاں سپھل ہوتا ہے، نہ پرلوک میں!''

مَیں انھیں رشوت کے نقصانات، اس کی اخلاقی خرابیاں، اس کی بے ایمانی اور اس کی خودغرضی وغیرہ پر پورا لکچر دینا ہی چاہتا تھا کہ ''شہباز قلی' کے اسٹیشن کا سواد دِکھائی دینے لگا۔ مجھے وہیں اُترنا تھا۔ مَیں نے جلدی سے بستر سمیٹا، ہولڈال باندھا اور اپنا سوٹ کیس اور ہولڈال دروازے کے پاس رکھا۔ جیسے ہی اسٹیشن آیا جلدی سے پلیٹ فارم پر اُتر گیا۔ گاؤں سے مزدور آئے تھے۔ انھوں نے اسباب سنبھال لیا۔ اب مَیں نے اپنے ڈبے پر نظر ڈالی۔ بڑا سیٹھ مسکرا رہا تھا اور چھوٹا سیٹھ ہنسے جا رہا تھا۔ جیسے اُس نے اپنی دلیل سے مجھے بالکل ساکت ہی نہ کر دیا ہو، بلکہ مجھے فرار پر بھی مجبور کر دیا ہو!

راستے بھر میں سرمایہ داروں، پونجی پتیوں کے اخلاقی معیار پر پیچ و تاب کھاتا رہا۔ کتنے ذلیل ہوتے ہیں یہ بڑے بزنس والے۔ ان کو اپنے نفع کے آگے کسی دوسرے کے نقصان کا، تکلیف کی، بلکہ جان تک کا کوئی خیال ہی نہیں رہتا، لیکن جب گھر پہنچ کر نہا دھو کر ناشتہ کرنے

بیٹھا تو اہلمد صاحب کی بیٹی کے جہیز کا ذکر چھڑا۔ دس دن میں اس کی برات آنے والی تھی۔ دُہرے تہرے سونے کے زیورات، چاندی کا پاندان، خاصدان، چاندی کی پلنگڑی، چاندی کی چوکی دی جانے والی تھی۔ اکیس بھاری جوڑے تیار ہو چکے تھے۔ ابھی اور نہ جانے کتنے بن رہے تھے۔ سارا گاؤں آنے والی برات کے اہتمام سے ہل رہا تھا۔ ہر ایک کے ہاں حسبِ حیثیت اس شادی میں شرکت کی تیاریاں ہو رہی تھیں۔ میرے گھر سے ان سے عزیز داری تھی، امّا کو اپنے لیے تو نہیں، مگر اپنی بہو کے لیے نئے جوڑے بنوانے کی فکر تھی۔ پھر ہر رسم پر کچھ نہ کچھ دینا ہی ہوگا۔ غرض پورے ڈیڑھ سو روپے کا تخمینہ تھا۔

مَیں نے ٹھنڈی سانس لے کر امّاں سے کہا۔ ''آج جون کی ۲۸ ہے۔ دو دن میں مہینہ ختم ہے۔ جولائی کی پہلی یا دوسری کو دفتر والے تنخواہ کا منی آرڈر روانہ کر دیں گے۔ ۵ یا ۶/ جولائی تک روپے آ جائیں گے۔ اس میں سے ڈیڑھ سو لے لیجیے گا!''

امّاں منہ بنا کر جھڑکنے والے انداز میں بولیں۔ ''ہونہہ! تمھاری موئی بے برکت والی تنخواہ میں رکھا ہی کیا ہے۔ تم نے اتنا پڑھا لکھا، بڑی بڑی ڈگریاں لیں، اکیس بائیس برس تم کو جھک جھک کرتے، لونڈوں سے اپنا مغز چٹواتے بیت گئے اور ملتا ہے وہی بندھے بندھائے، گنے گنائے تین سو روپلّی!'' اور انھوں نے رُک کر صحن میں ایک بڑی پیک تھوکی۔ ان کی بڑی خواہش تھی کہ مَیں پولیس کا داروغہ ہوتا اور مَیں بنا مدرّس! وہ سمجھانے والے انداز میں بولیں ''ارے اسی ممدو اہلمد کو دیکھو، آٹھواں پاس ہے، تنخواہ کہنے کو باون روپیہ ماہوار پاتا ہے، مگر ہُن برستا ہے ہُن۔ اس کے ہاں ایسا ہی کوئی منحوس دن ہوگا کہ وہ پچیس تیس اُوپر سے کما کر نہ لاتا ہو۔ اس کو کہتے ہیں برکت بیٹا!''

مَیں نے رشوت کی نئی تعبیر ماں کے منہ سے سنی۔ حیرت سے ان کا منہ دیکھا اور گردن جھکائے خاموش، جلدی سے باہر چلا آیا۔ یہاں کی بے برکتی تو قسمت میں تھی ہی، وہاں کی بے برکتی کیوں مفت مول لیتا:

کہتے ہیں ماں کے پاؤں کے نیچے بہشت ہے

✿✿

برہما کی اولاد

ڈاکٹر اِندرا بہت خوش تھی۔ وہ ڈریسنگ ٹیبل کے قدآدم آئینے میں اپنے کو بار بار دیکھتی، کبھی اپنے موٹے لمبے بالوں کو درست کرتی، کبھی آنکھوں کے سرے کو رومال کے کونے سے پونچھتی، کبھی چہرے اور گردن پر لگے ہوئے پاؤڈر کو اور ہلکا کرتی، کبھی ساڑی کے آنچل کو سر پر لمبا کھینچ کر گھونگھٹ نکال کر ہاتھ جوڑ کر سلام کرتی اور کبھی بغیر گھونگھٹ نکالے ہی ہاتھ جوڑنے کا چھب دیکھتی۔ وہ مسلسل گنگنائے جاتی اور بار بار اس طرح مسکراتی کہ اس کے موتی جیسے چمکتے دانت صاف جھلکنے لگتے۔ وہ خوبصورتوں میں نہ تھی۔ پانچ فٹ چار اِنچ قد، سانولی رنگت، چوڑا چہرہ، جبڑے کی اُبھری ہوئی ہڈّیاں، موٹی موٹی بھنویں، بڑا دہانہ، ہونٹ قدرے موٹے، ہاتھ اور پاؤں سچ مچ مور کے۔ ایک تو گھٹنوں سے نیچے تک لمبے کالے موٹے بال، دوسرے دُودھ جیسے سفید دندان۔ اُس کو اپنی یہ دونوں چیزیں بہت عزیز تھیں۔ وہ ان کے رکھ رکھاؤ اور دیکھ بھال میں بڑا وقت صرف کرتی۔ میڈیکل کالج میں اس کے استاد نے کئی بار اس کے بالوں کے کٹوا ڈالنے کی طرف اشارہ بھی کیا تھا۔ ان کا کہنا تھا لیڈی ڈاکٹروں کے لیے بہت لمبے بال مناسب نہیں۔ وہ بعض وقت نازک آپریشنوں کے انجام دینے میں حائل ہو سکتے ہیں۔ مگر اِندرا نے سنی اَن سنی کر دی۔ اپنا سب سے قیمتی مال اپنے پیشے پر بھینٹ چڑھانے کے لیے تیار نہ تھی۔

اس کے پاس ان کے سوا حسین بنانے والی اور کوئی چیز تھی بھی نہیں۔ نہ ذات، نہ دولت۔ وہ میڈیکل کالج کے مسہر کی لڑکی تھی، اس ذات کی جو سب سے بڑی خدمت گزار ہونے کے باعث سب سے زیادہ ذلت کی مستحق سمجھی جاتی ہے۔ اسی اچھوتن ہونے نے اِندرا کو

اچھوتی بھی بنا رکھا تھا۔ اپنی ذات برادری میں کوئی جوڑ کا بر کہاں؟ اُونچی ذات والے درجوں میں پاس کی سیٹ پر بھی منہ بنا کر ہی بیٹھتے، اس پر نظرِ التفات تو کجا۔ بعض نے اسے ہوس کا شکار بنانے کی کوشش ضرور کی، مگر شریکِ زندگی بنانے کا کسی کو خیال تک نہ آیا۔

وہ جلسوں پارٹیوں میں شریک ہوتی اور نہ لوگوں سے زیادہ ملنا جلنا پسند کرتی اور نہ اس کے ہونٹوں پر بھولے سے بھی ہنسی آتی۔ وہ اپنے پیشے میں فنا ہو کر ایک مشینی ڈاکٹرنی بن گئی تھی۔ البتہ اِدھر دو تین مہینے سے اس میں نمایاں تبدیلی ہوئی تھی۔ اس کے سوکھے گالوں پر سرخی آئی تھی۔ اس کی بے کیف آنکھوں میں ایک خمار کی کیفیت پیدا ہو گئی تھی اور اس کی چال میں مستانہ خرامی کی جھلک آ گئی تھی۔ ان تبدیلیوں کا باعث منیش تھا۔ وہ اسی تحصیل کا تحصیلدار ہو کر آ گیا تھا جہاں کے نئے زنانے اسپتال کی اِندرا انچارج تھی۔ منیش اُونچی ذات کا بھی تھا اور خوبرو سجیلا جوان بھی۔ دراز قد، متناسب اعضا، گندمی رنگت، آنکھوں میں سنجیدگی، ہونٹوں پر ہنسی۔ وہ نئے ہندوستان کا ایک سچا سپوت تھا۔ وہ ایک حاکم کی طرح صرف مقدمے کا ہی نہ فیصلہ کرتا تھا بلکہ وہ اپنے حلقے کے گاؤں اور قصبے والوں سے سچی ہمدردی رکھتا تھا۔ وہ ان کے سدھار اور ترقی کے ہر منصوبے میں رضا کارانہ جوش سے حصہ لیتا تھا۔ تحصیل کی عمارت اور اسپتال پاس ہی پاس تھے۔ اس لیے اِندرا اور منیش کو روزانہ ملاقاتوں کے مواقع برابر ملتے ہی رہے۔ طبیعتوں کی یکسانیت نے ان ملاقاتوں میں جذبہ اور کشش بڑھائی۔ اِندرا کے بار بار دبانے اور گلا گھونٹنے کی کوشش پر بھی دونوں کے ہاں وہ چیز وجود میں آ گئی جسے محبت کہتے ہیں۔ اِندرا ڈرتی تھی منیش اس کی ذات سے واقف ہوتے ہی اپنے سارے خواب بھول جائے گا۔ دودھ کی جلی اِندرا اسی لیے اس مٹھے کو بھی پھونک کر پی رہی تھی اور اُس نے اپنے کو جذبات کے دھارے پر بہنے نہ دیا۔ وہ منیش سے بے تکلف نہ ہوئی۔ منیش نے اس کے رُوکھے رویہ سے اُکتا کر ایک دن شکایت کرتے ہوئے دل کا حال کہہ ڈالا اور شادی کی پیشکش اس کے قدموں میں ڈال دی۔ اِندرا نے انکار کرتے ہوئے وجہِ انکار بھی بتا دی۔ مگر اِندرا کے خیال کے برخلاف اس افشائے راز کا اثر منیش پر اُلٹا ہی پڑا۔ وہ کھل اُٹھا۔ اُس نے آسمان کی طرف دیکھ کر ہاتھ جوڑ کر بڑی متانت سے کہا ''جے ہو بھگوان! تو نے میری یہ خواہش بھی پوری کر دی!'' پھر اُس نے اِندرا سے کہا ''میں اس ذات کا ہوں جو برہما کے سر سے پیدا ہوئی مگر میری بڑی اِچھا یہی تھی کہ میں اس

کے چرنوں میں پڑا رہوں! وہ تم نے پوری کردی۔ اب ہمارے بچے برہما کے سرتا قدم پوت ہوں گے۔" مگر اِندرا اسی پر اَڑی رہی کہ وہ اپنے خاندان والوں سے، ماتا پتا سے پوچھ لے۔ منیش سے معلوم ہوا کہ خاندان میں کوئی نہیں۔ صرف ایک بوڑھی ماں ہے جو آج چودہ برس سے کاشی، پوری اور ہردوار میں سارا وقت بسر کرتی ہے۔ وہ دُنیا چھوڑ چکی ہے۔ نہ اُسے رشتے ناتوں کی فکر اور نہ ذات پات کی۔ وہ بھگتن ہے، سنیاسن اور جوگن ہے۔ پھر بھی اِندرا مچلی ہی رہی کہ جیسے بھی ہو اُن سے پوچھ لیا جائے۔

اتفاق کی بات کہ منیش کی ماتا ہردوار کمبھ کے میلے جاتے ہوئے ادھر سے گزر رہی تھیں۔ منیش نے بڑی خوشامد کر کے انھیں ایک رات کے لیے اپنے ہاں اُتار لیا تھا۔ آج اِندرا کو انھیں کے سلام کو اور انھیں سے آشیرواد لینے جانا تھا۔ منیش نے یقین دلایا تھا کہ اس کی ماں ذات پات کے بندھنوں سے بالاتر ہو چکی ہے۔ اسی لیے اِندرا خوش تھی۔ اندر ہی اندر اس کے دل میں پھول کھل رہے تھے۔ وہ آپ ہی آپ ایک لوری گنگنانے لگی اور پھر دفعتہً خیال کی کڑی کی انتہا کو محسوس کر کے چونکی اور کھلکھلا کر ہنس پڑی۔

وہ اسی طرح ہنستی ہوئی کمرے سے باہر نکلی۔ برآمدے میں اسپتال کا چپراسی ہاتھ میں دواؤں کا بیگ لیے کھڑا تھا۔ منیش کا اصرار تھا، بڑی بی کا مکمل معائنہ کر کے کچھ ضروری دوائیں ساتھ دے دی جائیں۔ وہ چپراسی کے ساتھ برآمدے کے زینے سے اُتر ہی رہی تھی کہ اسپتال کا بہشتی منصور کانپتا ہوا آیا اور گڑگڑا کر بولا "ہجور! ہجور! ہماری مہریا کو چل کر دیکھ لیجیے۔ ایسا جان پڑتا ہے دم توڑ رہی ہے!"

اِندرا سب کچھ بھول کر فوراً نوکروں کی کوٹھریوں کی طرف مڑ گئی۔ منصور کی بیوی ایک کھترے بسکھٹ پر بیہوش پڑی تھی۔ نہ سانس ٹھیک تھی نہ نبض۔ اُس نے منصور اور چپراسی کو ہٹا کر اس کا مکمل معائنہ کیا۔ چھ مہینے کا بچہ پیٹ ہی میں مر گیا تھا اور اب زہر جسم میں پھیل رہا تھا۔ بسکھٹ سمیت اسے اُٹھوا کر وہ آپریشن تھیٹر میں لائی اور فوراً آپریشن کی تدبیریں کرنے لگی۔ نرسوں میں سے صرف ایک رات کی ڈیوٹی پر تھی۔ اسی کی مدد سے اُس نے آپریشن کیا۔ مردہ بچہ کاٹ کر نکالا اور زچہ کے مسموم حصوں کو کاٹا، دھویا، صاف کیا۔ اس درمیان میں اُس کا جوڑا کھل گیا اور اس کے لمبے بال بار بار چہرے اور ہاتھوں پر پھیل کر اس کے کاموں میں حائل ہوئے۔

اُس نے نرس سے کہا ''انھیں پٹے نما کاٹ کر پھینک دو۔'' اُس نے ان جٹاؤں کو کب کاٹا اس کو خبر تک نہ ہوئی۔ اسے نہ تو اپنے تن من کا ہوش تھا اور نہ یاد کہ اُس نے آج دوپہر سے مہیش کی ماں کا آشیرواد لینے کی خوشی میں کچھ کھایا پیا نہ تھا۔ اسے اس کا بھی دھیان نہ تھا کہ اس کی بیش قیمت ساڑی میں کیسے کیسے بدنما دھبے لگ رہے ہیں اور نہ یہ کہ منیش کی ماں کا آشیرواد نہ پانے پر اسے اپنے ہی قول کے مطابق منیش سے ہاتھ دھونا پڑے گا۔ وہ منصور کی بیوی کی زندگی کے لیے کئی گھنٹے تک یم دیوتا سے لڑتی رہی۔ جب وہ مریضہ کو خطرے سے نکال کر وارڈ کے ایک کمرے میں آرام کی نیند سوتی ہوتی چھوڑ کر نکلی تو اسے پہلی بار اپنی حالت کا خیال آیا۔ حد درجہ تھک گئی تھی۔ کمزوری محسوس ہوئی۔ بھوک معلوم ہوئی۔ پھر منیش یاد آیا اور اس کی ماں۔ انھوں نے نہ جانے کیسی بری رائے اُس کے بارے میں قائم کی ہوگی۔ زندگی میں سوامی ملنے کی آس پہلی بار بندھی تھی۔ اور وہ جس پر دل قربان تھا، جس کی ہر بات پر جان چھڑکنے کو جی چاہتا تھا، وہ آس بھی ٹوٹ گئی۔ اسے محسوس ہوا جیسے اس کے قدم من من بھر کے ہو گئے۔ وارڈ اور بنگلے سے چند ہی قدم کا فاصلہ تھا مگر اپنا گھر کوسوں دُور محسوس ہونے لگا۔

وہ ٹیڑھے ترچھے قدم رکھتی، لڑکھڑاتی کسی طرح اپنے سونے کے کمرے میں پہنچی، اُس نے اپنی قیمتی ساڑی اپنے جسم سے کھینچ کر فرش پر پھینک دی۔ ڈگمگاتی ہوئی بیسن کے پاس گئی۔ بڑی کوششوں سے اُس نے صابن لگا کر ہاتھ منہ دھویا اور وہ اسی طرح قیمتی بلاؤز اور پیٹی کوٹ پہنے پلنگ پر گر پڑی۔ اس پر یاسیت کا دورہ پڑا۔ اس کو یقین ہو گیا، اُس نے آج رات منیش کے ہاں نہ جا کر اپنا سب کچھ کھو دیا۔ وہ تھوڑی دیر خشک سسکیاں لیتی رہی، پھر دفعتہً اس کی آنکھوں سے آنسو بہہ نکلے۔ وہ نڈھال ہو کر سو گئی۔

صبح کو جب چڑیوں کے چہچہانے کی دھیمی سریلی آواز کانوں میں آرہی تھی اسے محسوس ہوا جیسے کوئی اسے گدگدا رہا ہے۔ اُس نے آنکھیں کھولیں تو دیکھا منیش بڑی بے تکلفی سے اس کی مسہری کی پٹّی پر بیٹھا اسے چادر اڑھا رہا ہے، اور اس کی انگلیاں شرارت بھی کرتی جا رہی ہیں۔ وہ ایک دوشیزہ کی فطری حیا کے ساتھ گھبرا کر اُٹھ بیٹھی اور اُس نے سر سے پاؤں تک اپنے کو چادر سے ڈھنک لیا۔

وہ ذرا جھنجلا کر بولی ''یہ آپ میرے کمرے میں کیوں گھس آئے؟''

منیش نے ہتھیلی پر ایک چمکتی انگوٹھی رکھ کر کہا ''ہم پہناتے ہیں!''

اُس نے ہکلا کر کہا ''مگر...... ماتا جی؟''

وہ ہنس کر بولا ''جب تم نہ آئیں تو ہم دونوں تمھیں ڈھونڈنے آ نکلے۔ اُسی وقت نرس تمھارے پیارے بال ایک ٹرے میں بھرے ہوئے پھینکنے لیے جا رہی تھی۔ ماتا جی نے ٹھٹک کر اس سے باتیں کیں، تمھارے بالوں پر بڑے پریم سے ہاتھ پھیرا۔ تمھیں جھانک کر آپریشن روم میں دیکھا۔ انھوں نے پلٹتے ہی مجھ سے کہا ''جو کسی انسان کی جان بچانے میں اپنا سب کچھ کھو دینے کے لیے تیار ہو، وہی سب سے اُونچی ذات کا ہے!''

اور اِندرا نے شرما کر مہیش کے سینے میں اپنا منہ چھپا لیا!

بُندوں کی جوڑی

انسپکٹر "ٹم" سے مجھ سے ملاقات کرکٹ فیلڈ اور کھیل کے میدانوں کی تھی، باوجود اس کے کہ وہ گرم ملک میں پیدا ہوئے تھے، اور انھوں نے یہاں کی پینتیس چھتیس گرمیاں کاٹی تھیں، مگر وہ اب بھی ضلع بھر میں سب سے تیز دَوڑ لیتے، سب سے زیادہ اُونچا پھاند لیتے اور ہاکی میں سب سے عمدہ سینٹر فارورڈ کھیل لیتے تھے، پولیس کے لائن انسپکٹر اور اینگلو انڈین ہوتے ہوئے بھی وہ بہت ہر دلعزیز تھے۔ جب شہر میں کوئی میچ ہوتا تو انسپکٹر ٹم یا خود کھیلتے ہوتے یا ریفری کرتے۔ میلے ٹھیلوں میں بھی ٹہلتے دکھائی دیتے اور تیج تہواروں کے موقع پر بھی۔ آدمی ہنس مکھ، ملنسار تھے۔ پھر پرتاب گڑھ، چھوٹا سا ضلع، ہر گورنمنٹ ملازم یونہی ایک دوسرے سے واقف تھا۔ مجھ سے بھی انسپکٹر سے تعارف ہوا اور ضلع کی کرکٹ ٹیم میں میری شمولیت نے اچھی خاصی ملاقات کرادی۔

اسی لیے جب پرتاب گڑھ سے لکھنؤ کے لیے روانہ ہوتے وقت اسٹیشن پر یہ معلوم ہوا کہ وہ بھی میرے ساتھ لکھنؤ چل رہے ہیں تو قدرے مسرت ہوئی۔ یہ یقین تھا کہ سفر لطف سے کٹے گا۔ اسٹیشن پر پوائنیر اخبار بک رہا تھا، مَیں نے خرید لیا اور گاڑی میں سوار ہونے کے بعد مَیں نے جلدی جلدی سُرخیاں دیکھنا شروع کیں۔ اطالیہ وحبش کی آئندہ ہونے والی جنگ کے متعلق جو دولِ عظمیٰ شطرنج کی چالیں چل رہے تھے اُن کا ذکر تھا، پھر پنجاب و بنگال کے ہنگامہ خیز سیلابوں کا اور ہٹلر کے یہودیوں اور کیتھلکوں کے خلاف نئے اقدامات کا، مَیں نے ان سب کو سرسری طور پر دیکھا۔ مجھے ان سب سے زیادہ انگلستان اور افریقہ کے پانچویں کرکٹ میچ اور دربھنگا ٹورنامنٹ میں موہن بگان اور محمڈن اسپورٹنگ کے مقابلے کی فکر تھی، مَیں ورق اُلٹ ہی

رہا تھا کہ دفعتاً میری نظر 'طلاق کی درخواست' کی سُرخی پر پڑی۔ مجھے عموماً مقدمات سے اور خاص طور سے طلاق کے مقدمات سے کوئی دلچسپی نہیں ہوتی۔ اس لیے کہ یہ اُن تعلقات کی رُسوائی ہے جو دوانسانوں کو دو شخصیتوں کو ایک بناتے ہیں۔ میری رائے میں جس قدر کہ شادی میں اعلان واشتہار کی ضرورت ہے، اسی قدر رہی طلاق میں خاموشی اور اخفا کی۔ دوذاتوں میں جوارتباط ومحبت، یکجہتی وخلوص کے تعلقات قائم کرنا چاہتی تھیں، نہیں نبھ سکی۔ دونوں نے ایک دوسرے سے کنارہ کشی اختیار کرلی، تراضی طرفین ختم، تعلق ختم، اِس میں جھگڑے ہنگامے، وکیل، بیرسٹر، جج اور قاضی کی کیا ضرورت؟

بہرنوع اس دن خلاف معمول مَیں نے اس سُرخی کے نیچے جو کچھ لکھا تھا اس پر بھی نظر ڈالی۔ لکھا تھا:

''پرتاب گڑھ کے ہردلعزیز لائن انسپکٹر مسٹر ڈبلو ایچ ٹم۔ نے عدالتِ عالیہ الہ آباد میں درخواست دی ہے کہ اُنھیں اپنی بیوی مسز ایم۔ ٹی۔ ٹم کو زناکاری اور بدچلنی کے جرم میں طلاق دینے کی اجازت دی جائے۔''

مَیں نے گھبرا کر مسٹر ٹم کی طرف دیکھا، وہ سگریٹ پی رہے تھے اور پولیس کی شریر آنکھوں سے کمپارٹمنٹ کے دوسرے مسافروں کو دیکھ رہے تھے۔ ہمارے علاوہ صرف دو آدمی اور بیٹھے تھے، ان میں سے ایک صاحب 'برتھ' پر لیٹے ہوئے اخبار بینی میں مصروف تھے۔ دوسرے صاحب بیٹھے ہوئے سگریٹ پیتے جاتے تھے اور سیٹی بجاتے جاتے تھے۔ مَیں نے مسٹر ٹم کی طرف اخبار بڑھا کے کہا: ''آپ نے یہ خبر دیکھی ہے؟''

مسٹر ٹم نے میرے ہاتھ سے اخبار لے لیا، طلاق والی خبر پر نظر ڈالی۔ تھوڑی دیر خاموش سگریٹ پیتے رہے۔ اُن کا ہنس مکھ چہرہ اس وقت بالکل سُرخ تھا، اُن کی آنکھوں سے شعلے نکل رہے تھے۔ اُن کی کنپٹی کے پاس شکنیں پڑ گئی تھیں اور اُن کے نیچے کا پتلا ہونٹ اس طرح کانپ رہا تھا کہ اُن کے ہونٹوں میں دَبا ہوا سگریٹ کا ٹکڑا خود بخود گر گیا۔ اُنھوں نے اس کی بھی پروا نہ کی۔ وہ غالبًا اپنی بیوی کو مختلف صورتوں میں دیکھ رہے تھے، منگیتر کی حیثیت سے، دُلہن کے لباس میں، بیوی کی ہیئت سے، مکّار عورت کے بھیس میں، ڈسنے والی ناگن کی وضع میں، جھوٹی عصمت تابی، جھوٹی شرم وحیا، جھوٹا پیار! مَیں نے دیکھا کہ اُن کے چہرے پر اُسی طرح کے

تکلیف کے آثار پیدا ہو گئے جو کسی ذبیحہ کے چہرے پر دم توڑتے وقت پائے جاتے ہیں۔ اُن کی آنکھوں میں آنسو ڈبڈبا آئے۔

وہ ایک دفعہ میری طرف پلٹ کر بولے: ''مسٹر نسیم، میں نے یہ حتمی ارادہ کر لیا تھا کہ میں سوائے عدالت کے کہیں اس معاملے کے متعلق زبان نہ کھولوں گا۔ مگر چونکہ آپ سب سے پہلے آدمی میرے جاننے والوں میں ہیں، جو میری درخواست سے باخبر ہو گئے ہیں اور جس نے مجھ سے پوچھنے کی بھی زحمت اُٹھائی ہے اس لیے مَیں آپ سے بلاکم و کاست واقعات بیان کیے دیتا ہوں۔

انسپکٹر ثم نے جیب سے سگریٹ کیس نکالا، میری طرف بڑھا دیا، مَیں نے ایک سگریٹ نکال کے شکریہ ادا کیا۔ اُنھوں نے کوئی جواب نہ دیا۔ تھوڑی دیر یونہی کھلا سگریٹ کیس ہاتھوں میں لیے رہے، پھر اسے بند کر کے جیب میں رکھ لیا۔ نہ خود سگریٹ نکالی اور نہ مجھے دِیا سلائی دی۔ مَیں نے جیب سے دِیا سلائی نکالی اور سگریٹ جلائی۔ جب سگریٹ کی مہک اُن کے نتھنوں میں پہنچی تو وہ چونکے، اُنھوں نے کہا ''معاف کیجیے گا۔'' پھر سگریٹ کیس نکال کے اس میں سے سگریٹ لی، جلائی اور اسے ہونٹوں میں دَبا کے بولے۔

مَیں آپ سے عرض نہیں کر سکتا کہ یہ عورت کتنی حسین، کتنی خوبصورت ہے، اور بظاہر کتنی بھولی ہے۔ آپ اگر اس کے حالات سے واقف نہ ہوں تو صورت دیکھ کے کبھی یہ خیال ہی نہیں کر سکتے کہ اِس حسن کی دیوی، اس مجسم معصومیت کے دل و دماغ میں بھی کوئی بُری بات آ سکتی ہے، آنکھیں بڑی بڑی، کشادہ پیشانی، گول چہرہ، پتلے ہونٹ، ہاتھ کی اُنگلیاں پتلی، سڈول، اللہ! اللہ! مَیں نے کتنی مرتبہ اُن اُنگلیوں کا پیار لیا ہے! اور سگریٹ فرش پر گرا کر اسے جوتوں سے مسل کر بولے... پاؤں چھوٹے چھوٹے! بلا کی جامہ زیب!

انسپکٹر ثم ایک بار دانت پیس کر بولے۔ ''مَیں نے پہلے پہل اسے کلکتہ میں دیکھا، بڑے دن کی تعطیل میں حضور وائسرائے کی آمد کے سلسلے میں جہاں صوبے سے پولیس کے خاص خاص لوگ گئے تھے، مَیں بھی بھیجا گیا تھا، وائسرائے کپ کا دن تھا، بڑے بڑے راجگان، مہاراجگان، رانیاں، مہارانیاں، شہزادے، شہزادیاں، شریف زادے، شریف زادیاں، غرضیکہ ہر طرح کے لوگ چھوٹے بڑے، مرد عورت، سب ہی گھوڑ دوڑ کے میدان میں موجود تھے۔ مَیں

اسٹیڈیم کے باہر کھڑا ہر آنے جانے والے کو بغور دیکھ رہا تھا۔ یہ اپنی بوڑھی ماں کو سہارا دیے ادھر سے گزرتی دکھائی دی۔ دفعتاً بڑی بی کو چکر آیا، اُس دن ساری پونجی ہار گئی تھیں، دل و دماغ قابو میں نہ تھا، چنانچہ چلتے چلتے لڑکھڑائیں اور وہیں گر پڑیں، میری نظر اس پھول سے چہرے پر نچھاور ہو رہی تھی، مَیں نے جو یہ حادثہ دیکھا تو جلدی سے دَوڑ کے بڑی بی کو اُٹھایا۔ وہ آدھی سے زیادہ بیہوش تھیں، اِدھر اُدھر نظر کی۔ قریب ہی ایک ٹیکسی کھڑی تھی، اس میں لے جا کے ڈال دیا۔ مارگریٹ نے مجھے آبدیدہ نگاہوں سے دیکھا۔ مَیں نے اس سے گھر کا پتہ پوچھا، اور ٹیکسی والے سے وہاں تک کا کرایہ دریافت کر کے اس کے دام دے دیے اور تاکید کر دی کہ وہ انھیں بخیریت گھر پہنچا آئے۔ اور اپنی ڈائری میں ان کا پتہ اور ٹیکسی کا نمبر نوٹ کر لیا۔

غرض یہاں سے میرے عشق اور مارگریٹ کی احسان مندی کی ابتدا ہوئی، مَیں ہزاکسلنسی کے قیام کے سلسلے میں کوئی دس دن وہاں رہا اور اس درمیان میں ہمارے تعلقات محسن و احسان مند سے بڑھ کر عاشق و معشوق کے سے ہو گئے۔ نوبت یہاں تک پہنچی کہ چلتے وقت مَیں نے اُس سے شادی کا وعدہ لیا اور الٰہ آباد میں رپورٹ دیتا ہوا پرتاب گڑھ واپس آیا۔

یہاں آنے کے بعد مجھے یہ محسوس ہوا کہ مارگریٹ کے بغیر زندگی نہیں بسر کر سکتا۔ نہ کھیل کود میں جی بہلتا تھا اور نہ کام میں دل لگتا تھا، بس ہر لمحہ یہی آرزو کہ کسی طرح اُڑ کے اُس کے پاس پہنچ جاؤں۔ وہ بھی اپنے خطوں میں کچھ اسی طرح کے جذبات کا اظہار کرتی تھی۔ بالآخر کوئی مہینہ ہی بھر بعد مَیں نے تین مہینے کی چھٹی لی اور کلکتہ پہنچ گیا اور جلد سے جلد لائسنس حاصل کر کے رجسٹرار کے سامنے جا کر مارگریٹ کو بیاہ لایا۔

انسپکٹر تم نے کانپتے ہاتھوں سے پھر جیب سے سگریٹ کیس نکالا، مَیں نے جلدی سے دیا سلائی جلا کر دی، اور وہ سگریٹ جلا کے لمبے لمبے کش لیتے رہے، پھر بولے۔

''مسٹر نسیم! میں آپ سے دو ڈھائی مہینے کی زندگی کی مسرت، خوشی، اور لذت کو بیان نہیں کر سکتا۔ مارگریٹ اُن عورتوں میں سے ہے، جو اگر مرد کو خوش کرنے پر آتی ہیں تو حورِ بہشتی بن جاتی ہیں۔ ایسا معلوم ہوتا تھا کہ مَیں ایک معمولی پولیس انسپکٹر نہیں ہوں بلکہ شاید دونوں جہان کا بادشاہ ہوں، مجھے نہ ماضی کی پرواتھی اور نہ مستقبل کا خیال، میں مارگریٹ میں مستغرق تھا، اور وہ ہر لمحہ گلے سے لپٹی رہی۔

ہم لوگوں نے پروگرام یہ بنایا تھا کہ شادی کر کے ہم سیدھے، ہگلی چلیں گے، چنانچہ وہاں پہلے تین دن گزارے، پھر وہاں سے ہم گیا پہنچے، وہاں سے پٹنہ، پٹنہ سے بنارس، بنارس سے الٰہ آباد، الٰہ آباد سے آگرہ، وہاں سے میرٹھ، پھر کانپور، اور چھٹیوں کے ختم کے قریب لکھنؤ۔ ہر جگہ ہم اوسط درجے کے ہوٹلوں میں ٹھہرتے، شہر کے آثارِ قدیمہ اور مشہور چیزوں کو دیکھتے اور اپنے آئندہ مستقر کے لیے کوئی نہ کوئی سامان خریدتے۔

جب ہم لکھنؤ پہنچے تو مَیں نے محسوس کیا کہ میرا سرمایہ قریب ختم تھا، مَیں نے اِس لیے دل میں یہ طے کیا کہ خواہ کچھ بھی ہو مارگریٹ کے لیے کوئی نہ کوئی زیور ضرور خریدنا چاہیے۔ مَیں اسی لیے ایک دن حضرت گنج اُسے وہاں زیورات کی دکان پر یہ کہہ کے لے گیا کہ مجھے ایک دوست کی بیوی کے لیے بُندوں کی جوڑی خریدنا ہے، ذرا تم چل کر پسند کردو۔ وہ بہت خوش خوش مختلف قیمتوں کے بُندے دیکھتی رہی، اور اپنے ہی کان میں لگا کر آئینہ میں صورت دیکھتی اور سر ہلا کر رکھ دیتی۔ بالآخر اسے ایک پلٹینم کا سادہ بُندہ مگر بہت ہی خوبصورت بنا ہوا پسند آیا۔ دام پوچھنے پر معلوم ہوا خاصا قیمتی ہے، مَیں نے نہایت ہی خاموشی سے دام دے دیے اور مارگریٹ کو ایک پندرہ روپے کی انگوٹھی دلوا کے دُکان سے چلا ہی تھا کہ دُکاندار نے روکا۔ میں نے پوچھا "کیا ہے بھئی؟"

اُس نے مارگریٹ کی طرف چمکتی ہوئی آنکھوں سے دیکھ کر کہا۔ "میں میم صاحب کو ایک اور چیز دکھادوں تو پھر آپ انھیں لے جائیں۔"

مَیں نے کہا: "ہمیں اور کچھ نہیں خریدنا ہے۔"

وہ بولا: "جی وہ جلدی میں خریدنے والی چیز بھی نہیں، آپ دیکھ تو لیں۔" یہ کہتے کہتے اُس نے ایک مخملی ڈبیہ سیف میں سے نکال کر کھولی، معلوم ہوا جیسے آنکھوں میں بجلی کوند گئی، دیکھا تو بُندوں کی جوڑی تھی۔ بیچ میں ہیرا، دونوں سروں پر زمرد، اور یہ سب اس عمدہ طور پر کاٹے گئے تھے کہ وہ بلا کی چمک پیدا ہو گئی تھی کہ الاماں والحفیظ! مارگریٹ کی یہ حالت تھی کہ دیکھتے ہی بیتاب ہو گئی۔ اس کی آنکھوں میں وہ چمک پیدا ہو گئی، جو چوروں، ڈاکوؤں اور بخیلوں کی آنکھوں میں روپیوں کا ڈھیر دیکھ کر پیدا ہو جاتی ہے۔ دُکاندار اس کی یہ حالت دیکھتا جاتا تھا اور مسکراتا جاتا تھا۔ اس طرح مسکراتا تھا کہ مجھے بُرا معلوم ہونے لگا اور مَیں نے مارگریٹ کے

کاندھوں پر ہاتھ رکھ کے کہا' آؤ چلیں' مگراس نے نہایت ہی بے پروائی سے میرا ہاتھ جھٹک دیا اور ان بُندوں کو کانپتے ہاتھوں سے کانوں میں پہن کر قد آدم آئینوں میں، جو دُکان میں چاروں طرف لگے تھے اپنے کو دیکھنے لگی۔ مجھے مارگریٹ کی بیتابی، اور جوہری کی مسکراہٹ اس قدر کھل رہی تھی کہ مَیں کہہ نہیں سکتا۔ مَیں نے بڑھتے ہوئے غصّے کو روکنے کے لیے اُس سے قیمت پوچھی۔ اُس نے کہا ''ڈیڑھ ہزار!''

مارگریٹ کے بڑھتے ہوئے جوش پر پانی پڑ گیا۔ اُس نے خاموشی سے بُندے اُتار کر ڈبے میں رکھ دیے، اور گردن جھکا کر میرے ساتھ چلنے کے لیے تیار ہوگئی۔ مَیں آپ سے سچ عرض کرتا ہوں کہ مجھ کو جتنی اس کی پچھلی بیتابی بُری معلوم ہوئی تھی، اس سے زیادہ اُس مایوسی پر تکلیف ہوئی۔ جی چاہتا تھا اپنے کو بیچ ڈالوں، مگر یہ بُندے خرید کر اس کے کانوں میں پہنا کر پھر ایک بار اسے خوش دیکھ لوں۔ مگر اقتصادیات کے آہنی پنجوں کی گرفت جذبات سے متاثر ہو کر کبھی ڈھیلی نہیں ہوتی، ہمیں بالآخر دُکان سے چلا ہی آنا پڑا۔

راستے بھر مارگریٹ ست رہی۔ مَیں نے مختلف طرح کی ہنسی مذاق کی باتیں کیں، اور وہ مجھے خوش کرنے کے لیے تھوڑا بہت ہنسی بھی، لیکن وہ پچھلی شگفتگی اور بیساختگی نہ پیدا ہوئی۔ شب کو کھانا کھانے کے پہلے میں نے اپنے ہاتھ سے خرید کردہ بُندے جب اُس کے کانوں میں پہنائے تو وہ بولی ''ایں، یہ تو دوست کی بیوی کے لیے تھے!''

جب مَیں نے کہا: ''ہاں لیکن مَیں ہی آپ اپنا دوست ہوں اور تم اُس دوست کی بیوی!'' تو وہ بیساختہ میرے گلے سے لپٹ گئی...لیکن شب کو جب میں بستر پر پہنچا تو مَیں نے دیکھا کہ وہ محوِخواب ہے مگر گالوں پر آنسوؤں کے قطرے ہیں! مَیں نے اُسے جگایا نہیں، مگر اُسی وقت قسم کھائی کہ خواہ کچھ بھی ہو، مَیں سال چھ مہینے میں کسی نہ کسی طرح اتنی رقم ضرور جمع کرلوں گا کہ اس کے لیے اس کے محبوب بُندے خریدوں!

ذرا آپ خیال فرمائیں کہ ایک شخص جو تین سو تنخواہ پاتا ہو اور تقریباً دو سو روپیہ ماہوار غیر شادی شدہ حالت میں خرچ کرتا رہا ہو، اُس کا شادی کے بعد خرچ کتنا بڑھ جائے گا؟ اور اُس کے لیے ڈیڑھ ہزار روپیہ بچالینا کس قدر دُشوار اَمر ہے؟ لیکن مَیں نے ہزاروں تکلیفیں برداشت کر کے اپنا سگریٹ، اپنی شراب، اور اپنی دیگر تفریحوں کو یک لخت ترک کر کے روپیہ جمع

کرنا شروع کیا اور اسی کے ساتھ تقریباً ہر مہینے لکھنؤ جا کر اُس دُکان پر اُن بُندوں کو دیکھ آتا۔ لیکن تین مہینے کی حد درجہ دماغی و جسمانی تکلیف کے بعد بہ مشکل ڈیڑھ سو روپیہ جمع ہوا، اور وہاں ضرورت تھی ڈیڑھ ہزار کی! اب کیا کیا جائے؟ مارگریٹ کے بُندے ہمیشہ تو رکھے نہ رہیں گے، جوہری کو کوئی نہ کوئی گاہک تو مل ہی جائے گا۔ اس لیے مَیں نے جو حرکت اتنے دِنوں نہ کی تھی وہ کر ڈالی۔ مَیں نے ابتدائے ملازمت سے اُس وقت تک کبھی ظلم نہیں کیا تھا، کبھی بے ایمانی نہیں کی تھی اور کبھی رشوت نہیں لی تھی! مارگریٹ کی خاطر مَیں نے ضمیر فروشی کی، مَیں نے ایک جھوٹے مقدمے میں ایک دولت مند آدمی کو پھنسا دیا اور اس سے پورے ڈیڑھ ہزار رشوت لی، مَیں آپ سے نہیں کہہ سکتا کہ مجھے یہ روپے جب تک میری جیب میں رہے کیونکر ڈس رہے تھے۔ مَیں نے یہ سب مارگریٹ کی خاطر انگیز کیا۔ اور وہیں گاؤں پر سے جہاں میں تفتیش کے سلسلے میں گیا ہوا تھا مَیں نے اپنی موٹر سائیکل بجائے پرتاپ گڑھ کے سیدھے لکھنؤ کے لیے ہانک دی۔ طے کر لیا تھا کہ مارگریٹ کے لیے آج ہی بُندے لے کر آؤں گا۔

مَیں لکھنؤ کوئی تین بجے پہنچا۔ معلوم ہوا کہ مالک دُکان کسی لیڈی کے ساتھ باہر گئے ہیں۔ مَیں نے پوچھا منیجر کہاں ہیں، وہ میری صورت دیکھ کے کچھ گھبرا سا گیا۔ مَیں نے کچھ خیال نہیں کیا۔ اُسے جلدی سے بُندوں کی جوڑی کی شناخت بتائی، اُس نے سیف کھولا، سارے خانے دیکھ ڈالے، کہیں بُندں کا پتہ نہ تھا، اس نے اپنے ایک ماتحت کو بلایا، اُس سے دریافت کیا۔ اُس نے میری طرف دیکھ کر مسکراتے ہوئے منیجر کے کان میں چپکے سے کچھ کہا۔ منیجر نے بہ مشکل ہنسی ضبط کی اور مجھ سے متانت سے کہا: ''انسپکٹر صاحب وہ بُندے تو بک گئے!''

مَیں نہیں کہہ سکتا کہ مجھے کس قدر مایوسی ہوئی۔ تین مہینے سے جس چیز کے لیے رات دن کوشش کی تھی، جس کی وجہ سے بے ایمانی کی، جھوٹ بولا، رشوت لی، جس کی وجہ سے اس وقت بلا اجازت افسر بالا لکھنؤ بھاگا ہوا آیا تھا، وہ بک گئی۔ اب مارگریٹ کو کیسے منہ دکھاؤں گا۔ اس کے محبوب بُندے میں اُس کو کہاں سے لا کر دوں گا۔ غرض یہی سوچتا نہایت ہی افسردہ پھر موٹر سائیکل پر بیٹھا اور قریب شام پرتاب گڑھ کے مفصلات میں پہنچا۔ آفتاب غروب ہو رہا تھا۔ میں دن بھر کے تکان، سفر سے چور، خاک سے اٹا ہوا، افسردہ دل، مرجھایا ہوا تھا۔ جس چیز پر نگاہ

ڈالتا تھا میری طرح مضمحل معلوم ہوتی تھی۔ وہی سنہری کرنیں جو ہر ذرّے کو خوشی کے لمحوں میں کندنی چمک بخش دیتی تھیں اس وقت ہر شے کو زرد رُو بنائے ہوئے تھیں، دنیا میری طرح خزاں دیدہ، الم انگیز، حسرت زا محسوس ہوتی تھی، کتوں کے بھونکنے میں، غصہ اور چھیڑ کی جگہ درد کا پتہ چلتا تھا اور لونڈے جو سائیکل کو دیکھ کے تالیاں بجاتے تھے تو یہ محسوس ہوتا تھا کہ میرا تمسخر کر رہے ہیں کہ ''واہ رے ٹم صاحب سارے جتن کیے، سارے پاپڑ بیلے اور میم صاحب کے کان بغیر بندوں ہی کے رہے!''

بہر نوع مَیں جب اسی طرح خاک آلودہ اپنے بنگلے پر پہنچا تو سامنے روش پر کرسیاں رکھی ہوئی دکھائی دیں، مارگریٹ کا پتہ نہ تھا، مَیں نے سمجھا اندر ہوگی، اردلی کو سائیکل دی، کھونٹی پر اپنی ٹوپی لٹکائی اور اندر چلا گیا۔ وہاں کپڑے بدلنے سے قبل مَیں نے سوچا، لاؤ روپیوں کو سیف میں بند کردوں۔ وہ سونے والے کمرے میں تھا، وہاں پہنچ کر اُنھیں بند کیا۔ جب پلٹنے لگا تو سنگار میز پر نظر پڑی جس پر مارگریٹ کی آرائش کا سامان رکھا رہتا تھا۔ دیکھا تو سب غائب ہے۔ اور اُن کی جگہ ایک خط رکھا ہے۔ حیرت سے آگے بڑھ کے اُسے اُٹھالیا۔ جلدی جلدی کھولا۔ وہ خط یہ تھا:''

انسپکٹر ٹم نے کوٹ کی جیب سے پاکٹ بک نکالی اور اس میں سے ایک خط وہ میری طرف بڑھا دیا، لکھا تھا:

''ڈیر ٹم، میں آج میل سے لکھنؤ جارہی ہوں، اب پھر واپس نہ آؤں گی۔ اس کی وجہ صرف اتنی ہے کہ گو میں تم سے محبت کرتی ہوں لیکن جواہرات سے تم سے بھی زیادہ! مارگریٹ۔''

مَیں نے خاموشی سے خط پڑھ کر انسپکٹر صاحب کی طرف بڑھا دیا، وہ اسے پاکٹ بک میں رکھ کر بولے۔ ''مَیں خط کا مطلب سمجھنے بھی نہ پایا تھا کہ اردلی نے آ کر خبر دی کہ صاحب سپرنڈنٹ باہر کھڑے ہیں... مَیں خط لیے اُن کی خدمت میں حاضر ہوا۔ اور عادتاً سلام کر کے چپکا کھڑا ہوگیا۔ اُنھوں نے میری صورت دیکھی، خط دیکھا اور اپنے ساتھ موٹر میں بٹھالیا... اپنے بنگلے پر لے گئے اور اپنے سیف سے کچھ کاغذات نکالے اور میرے سامنے رکھ دیے۔ مَیں نے دیکھا تو کلکتہ پولیس کی مارگریٹ کے متعلق رپورٹ تھی۔ اُنھوں نے سارے خاندان کے حالات لکھ کر اس کے متعلق یہ لکھا تھا کہ ''یہ عورت بہت ہی کمسنی سے رنڈی کا پیشہ کرتی تھی اور اس

کی ماں ہمیشہ اس کی بھولی صورت سے فائدہ اُٹھا کرنا کردہ کار نوجوانوں کو تباہ کرتی تھی!''

مَیں اُٹھ کر کھڑا ہو گیا۔ میرا مصمم ارادہ تھا کہ مَیں دنیا کو اس ناپاک ذات سے ہمیشہ کے لیے پاک کردوں۔ مگر صاحب سپرنٹنڈنٹ بولے ''میاں تم، یہ رپورٹ مجھے اس وقت مل چکی تھی جبکہ تم اپنی بیوی کو یہاں لے کر بھی نہیں آئے تھے۔ مَیں جانتا تھا کہ یہ عورت تم کو دھوکا دے گی۔ خیر انسان کچھ کھو ہی کر ہی سیکھتا ہے۔ تم پولیس افسر ہو، تمھیں ہر طرح کا تجربہ ہونا ضروری تھا۔''

مَیں نے کہا: ''مَیں پولیس کی نوکری سے استعفیٰ دے دوں گا، مگر اس عورت کا خاتمہ کردوں گا۔''

وہ کچھ بولے نہیں بلکہ اُنھوں نے مجھے ساتھ بٹھا کے شراب پینا شروع کی...اور مجھے اتنی پلا دی کہ میں وہیں مدہوش ہو کر گر پڑا...دوسرے دن سے لائن حاضر کر دیا گیا۔ اور آج تک اُسی ڈیوٹی پر ہوں!''

مَیں نے پوچھا: ''اور مارگریٹ؟''

وہ بولے: ''جی وہ کچھ دِنوں اپنے بُندے لینے اُس اینگلو انڈین جوہری کے ساتھ لکھنؤ میں رہیں۔ اب سنا ہے کہ پھر کلکتہ میں اپنا مادری پیشہ کر رہی ہیں!''

بیوی

ڈاکٹر منور خوش فہم بھی تھے، اور خوشرو بھی، ستائیس برس کا سن، چڑھتی جوانی آکسفورڈ کے بی۔ای۔سی۔لیڈرز کے پی۔ای۔ڈی، لندنی فیشن کپڑوں میں، کرزنی وضع چہرے کی، اور شوپنہار و ڈارون کے نظریئے دل و دماغ میں! پھر اس پر خلیق، خوش گفتار بھی، خوش رفتار بھی، جامہ زیب بھی۔ ماں باپ یورپ سے واپسی کے پہلے ہی مر چکے تھے، تقریباً ایک لاکھ کی جائداد ملی تھی، نہ کوئی بھائی تھا نہ کوئی بہن تھی، بزرگوں میں لے دے کے ایک رشتے کے چچا ہوتے تھے وہ بھی ملازم تھے، کارپرداز تھے، اتالیق نہ تھے! خوردوں یا برابر والوں میں جو کچھ بھی کہو، ایک اللہ کی بندی سلمیٰ تھی، وہ شرع و آئین کی رُو سے بیوی تھی۔ اس لیے کہ عقد ہو چکا تھا، اگر رسم و رواج کی بنا پر اب تک غیر محض تھی، اس لیے کہ بیاہ نہ ہوا تھا۔

ڈاکٹر منور جو یورپ سے واپس ہوا تو عورت سے متنفر، اس کے حقوق سے یکسر غافل اس کی ضرورتوں کے محض حیوانی حدود تک کا قائل اور اس کے مساوی خیالات سے حد درجہ خفا!

وہ کہتا۔ ''عورت ایک موسمی پھول ہے۔ اس سے وقتی مسرت حاصل کرلو، اسے گلے کا ہار نہ بناؤ۔ ورنہ یہ نازک پنکھڑیاں کچھ ہی دنوں میں خارِ مغیلاں بن جائیں گی۔'' ایک دوسرے موقع پر اس نے کہا۔ ''عورت ناگن ہے، بڑی ہی خوبصورت، بڑی ہی نازک، بڑی ہی سبک مگر بڑی زہریلی! اس سے بھاگو دُور بھاگو۔ ورنہ اس کا کاٹا بچتا ہی نہیں!'' ایک بار اس صنف کی یوں تعریف کی۔ ''عورت شیرنی ہے۔ حسین جسم والی، نازک کمر والی، نرم جلد والی، مگر بلا کی خونخوار اور آفت کی تیز دنداں!'' ایک دفعہ یوں گہر پاشی کی۔ ''عورت ایک کسی ہوئی تیغ ہے، جس پر گری اس کا خون چاٹ گئی، جدھر چمکی آنکھوں کی خیرہ کرگئی، جس جانب جھکی، اس طرف صفائی کردی، جس سے گلے ملی اس کو موت سے گلے ملا دیا۔''

اگر کسی نے کہہ دیا کہ ''بہت ہی عمدہ شاعری کی، اچھی تشبیہیں تلاش کیں۔'' تو پھر ڈاکٹر منور ہاتھ دھوکر آستینیں چڑھا کر پیچھے پڑ جاتے تھے۔ 'علم الحیوان'، 'علم الابدان' یا 'علم طبیعات' اور خدا معلوم کن کن علوم سے دورانِ تقریر میں مثالیں، نظریئے اور مقولے اس بہتات سے پیش کر دیتے تھے کہ غریب معترض گھبرا اُٹھتا تھا، اور ساکت ہو کے سر نہ اُٹھاتا تھا۔ اس سکوت پر ڈاکٹر منور ایک خندۂ تحقیر آمیز کے ساتھ کہتے۔ ''حضرت! آپ جن نظریوں پر عمل پیرا ہیں وہ سب جذباتی ہیں، آپ عورتوں پر آج کل کی جدید ترین تصنیفیں دیکھئے اور اگر ان تک دسترس نہ ہو، تو کم از کم 'ہیولاک ایلیس' کی کتاب تو پڑھ ہی لیجیے، آپ کو اس کے دیکھنے کے بعد معلوم ہو جائے گا کہ عورتوں کی فطری خواہش اور طبعی میلان کیا ہیں، اور اُن کے اس حسین خول میں کس بلا کا ڈس بھرا ہے۔''

غرض تمام عقلی و نقلی دلائل کی تان اُسی پر ٹوٹتی کہ عورت اور حیوانات میں صرف صورت کا فرق ہے۔ اور وہ حد درجہ کینا دہ مکّار، حیلہ جو، فتنہ پرداز ہیں۔ ان کا وجود مردوں کی یکسوئی قلب کا دُشمن ہے، اور انھیں طرح طرح کے آلام میں، مصائب میں گرفتار کرانے کا باعث!

جب اِس طرح کے خیالات ہوں، ماں باپ سر پر نہ ہوں، کوئی دبانے والا بزرگ خاندان میں نہ ہو، اور روپیہ وافر ہو، تو عقد کے سورۂ اخلاص پر بیاہ کا جزدان کیونکر چڑھایا جاسکے۔ گویا تدبیر منزل کے لحاظ سے، منور، برگد کا وہ تازہ تنا تھا جو اصل سے جدا کر کے حال ہی میں نصب کیا گیا ہو، نہ وہ خود سرسبز ہو اور نہ اس کی گھنی چھاؤں میں کوئی لُو، دُھوپ کا مارا آرام پاسکتا ہو!

یورپ کی ہوا کھایا ہوا مسافر جس طرح دو چار سوٹ ٹائیاں، اور کئی درجن جوتے ساتھ لاد لاتا ہے۔ اسی طرح قصوں، کہانیوں، چٹکلوں اور لطیفوں کا بھی ایک ذخیرہ اس کے ہمراہ ہوتا ہے۔ یہ چیزیں سوسائٹی ہی میں، دو چار دس آدمیوں کے مجمع ہی میں کچھ مزا دیتی ہیں۔ اسی لیے لوگوں سے ملنا جلنا، دعوتیں کھانا، پارٹیاں دینا ایسے اشخاص کو زندگی کا جزوِ اعظم بن جاتا ہے۔ منور کے ہاں تو خدا کا دیا سب کچھ تھا، اُس نے اپنی سوسائٹی بنائی اور کچھ مفت خوروں نے اس کو اپنی سوسائٹی کا مرکز قرار دیا۔ گھر پر دعوتیں ہوتیں، چائے پارٹی ہوتی، برج ہوتا، فلش ہوتا، شطرنج ہوتی، باہر موٹر پر ہوا کھائی جاتی، سینما دیکھا جاتا۔ تھیٹر کی سیر ہوتی، اور گھوڑ دوڑ میں بازیاں لگائی

جاتی تھیں۔ 'صاحبیت' کی یہ سب بدیہی نشانیاں ہیں، اور امارت کی یقینی علامتیں! بھلا ایک 'یورپ زدہ' سرٹیفکیٹ یافتہ بی۔ ایس۔ سی، پی۔ ای۔ ڈی ان سے کیونکر احتراز کرسکتا تھا؟ پھر بھی انھیں یار دوستوں نے دو چار بار سلسلۂ گفتگو میں گھر بسانے اور شادی کی رسم ادا کرنے کی ترغیب دی۔ منور نے تیوری چڑھا کر جواب دیا۔

''میں ایسا بے وقوف نہیں! اپنی آزادی کیوں کھودوں اور مفت کی بلا کیوں مول لوں؟'' ناموس کی عزت کا خیال دلایا گیا تو سختی سے جواب ملا۔'' جب میں سلمٰی کو اپنی ناموس اور عزت سمجھوں جب تو! پھر عصمت وعفت اضافی چیزیں ہیں، میرے نظریئے اور اصول ہندوستانی نہیں، مجھے ان چیزوں کی پروا نہیں!'' عورت کی ضرورت، اس کی خدمت، اطاعت، ہمدردی، انسانیت، ایثار اور بے نفسی کا کون ذکر کرتا؟ وہ بار باران تمام امور کا مضحکہ اُڑا چکا تھا، بار باران کی تردید کر چکا تھا۔ 'بڑھا جن' تھا۔ کون اس کے منہ کو لگتا۔ یارانِ طریقت کو اس کی کیا پڑی تھی؟ ان کا فائدہ بھی اسی میں تھا کہ منور یوں ہی بن بیاہا رہے۔ شادی ہو جانے، بیوی آجانے پر خدا جانے کون کون سے شوق ترک کردے، ممکن ہے بیگم صاحبہ اخراجات میں قطع و برید شروع کردیں، برج بھی بند ہو جائے اور بسیں بھی چھوٹیں، تفریح کی جگہ بیوی کے رُخِ انور کی زیارت ضروری ٹھہرے، تھیٹر کے کھیل کی عوض بچوں کا کھیل زیادہ پسند آئے، اور سینما کی چلتی پھرتی تصویروں کی جگہ گھر والی کے خرامِ ناز کا تماشا ہونے لگے۔ اسی لیے سب خاموش ہور ہے۔ منور کے خسر کے دل کو لگی تھی۔ انھوں نے پہلے اس کے کارپرداز چچا کو بلا کر کہا، انھوں نے ڈرتے ڈرتے ذکر کیا، ڈانٹ دیئے گئے۔ گو بزرگ تھے۔ لیکن ملازم بھی تھے، اپنی روٹیوں کا پاس کر گئے۔ کون پیٹ پر ٹھیکرے باندھ کے نکلنا پسند کرتا ہے؟ لگی ہوئی نوکری آج کل زندگی کے برابر ہے، کس کے سر پر اجل کھیلتی ہے کہ وہ اصول کے لیے ملازمت کو بازیچۂ اطفال بنائے۔ اس لیے چچا نے زبان بند کرلی، اور منہ سی لیا، خود اس کے پاس خسر کا خط آیا! پہلے تو جواب ہی کی ضرورت نہ سمجھی گئی، جب بار بار تاکید کی گئی تو لکھ بھیجا کہ'' مجھے منظور نہیں، آپ کہیں اور رشتہ کرلیں'' دوست احباب کے مجمع میں یہ بھی بولا۔'' مجھے اگر بلی پالنا ہوگی، تو میں یورپ کی کیوں نہ پالوں گا، گلے میں پھندا اگر ڈالنا ہی ہے، تو ریشمی کیوں نہ ہو، سوت کی موٹی رسّی کا کیوں ہو؟ پھر دھیلے کی ہانڈی انسان لیتا ہے تو دیکھ بھال اور ٹھونک بجا کے، نہ کہ اتنا بڑا سودا اور وہ بھی مرحوم

والدین کی مرحوم خواہش کی بنا پر نہیں، صاحب مجھ سے یہ نہیں ہوسکتا کہ میں دیدہ دانستہ آستین میں ناگن پالوں!''

خسر نے مہر کے دعوے کی دھمکی دی، اس نے لکھا کہ ''میں اس کے لیے بھی تیار ہوں۔''

سلمٰی نے سن گن پالی، وہ غریب، بے زبان، خدا سے لولگانے بیٹھی تھی منور کے کارنامے، اس کے نظریئے، دُور تک مشہور تھے، وہ سب کچھ سن رہی تھی۔ مگر ہندوستانی تھی، شریف تھی۔ منور کے الفاظ میں 'غیر مہذب' تھی اور عرفا بن بیاہی تھی۔ اس کی زبان نہ کھل سکتی تھی، وہ اپنے منہ سے ہاں نہیں، کچھ نہ کہہ سکتی تھی شرم نے پہرے بٹھار کھے تھے، اور ہر دم پاسبانی کرتی تھی، مگر وہ پڑھی لکھی تھی، دین و مذہب سے واقف تھی۔ وہ جانتی تھی کہ عقد نے اسے منور کی بیوی بنا دیا ہے۔ اور وہ اس کا سرتاج اور شوہر ہو چکا ہے، بیاہ محض ہندوستانی رسم کی پابندی عرف عام کی پیروی ہے، اور نہ اس کی ضرورت ہے، اور نہ حاجت اسی لیے جب اس نے گھر میں مہر اور طلاق کا چرچا سنا تو وہ کئی روز تک پیچ وتاب کھایا کی، وہ اس رشتے کے قطع کرنے کی مخالف تھی۔ مگر اس اختلاف کا اعلان شرم کی وجہ سے ناممکن سا تھا۔ مگر ضرورت اور مجبوری سب کچھ کراتی ہے، ایک دن اپنی ایک سہیلی سے منہ پھوڑ کے وہ بول ہی اُٹھی۔

''بہن مجھے یہ مہر اور طلاق کا ذکر ایک آنکھ نہیں بھاتا، اب تو جس کے ساتھ مقدر تھا نکاح ہو چکا۔ میں ان کی لونڈی بن چکی، وہ خواہ مجھے پوچھیں یا نہ پوچھیں، مَیں ان کے نام پر بیٹھی رہوں گی۔ سینکڑوں رانڈیں ساری عمر یونہی بسر کر دیتی ہیں، پھر مَیں ایسا کیوں نہیں کرسکتی؟ تم کسی طرح اس بات کو ابا جان کے کانوں تک پہنچا دو کہ اگر طلاق کا پھر کسی نے نام لیا تو میں کچھ کھا کے سو رہوں گی، مجھ سے یہ رسوائی نہ سہی جائے گی۔''

منور کے خسر بیٹی کا ایما پا کے، خاموش ہو رہے، اُن کے لیے یہ رشتہ عذاب جان تھا۔ داماد حد درجہ آزاد، بیٹی حد درجہ کی شریف، نہ جائے ماندن نہ پائے رفتن۔ منور کے ساتھ شادی کیا تھی سانپ کے منہ کی چھچھوندر تھی، نہ نگلتے چین نہ اُگلتے!

ڈاکٹر منور یونہی شوپنہار کے فلسفے پر گامزن انڈے، مٹن چاپ، پڈنگ اُڑا رہے تھے کہ بلائے ناگہانی کی طرح مکھن میں چیچک کے جراثیم کہیں سے آ نکلے، اور صاحب کے ٹوسٹ کے ساتھ نازک ایشیائی جسم میں پہنچ گئے، دوسرے ہی دن دانے اُبھرے اور وہ بھی اس کثرت سے

کہ جسم میں تل دھرنے کی جگہ نہ رہی۔ سوسائٹی کے اراکین نے یہ سنتے ہی بنگلے کے سامنے والے بکس میں کارڈ چھوڑے اور اپنے اپنے گھروں میں ٹیکے لگوا لگوا کر بیٹھ رہے، اٹھ برج، فلش، سب یک قلم موقوف ہوگئے۔ ڈاکٹر نے معائنہ کرتے ہی قرنطینہ کا حکم دیا۔ گھر میں عورتیں نہ ہونے کے باعث کرائے پر نرسیں بلائی گئیں، بڑی بڑی فیسیں لے کے سپید سپید وردیاں ڈٹ کے تانگوں پر موٹروں پر لد کے صبح شام آنے لگیں۔ مگر روپیوں کا لالچ اور خدمت مرضا کی تعلیم، دلی خلوص اور سچی ہمدردی کی جگہ نہیں لے سکتی۔ نرسیں وقت پر دوا دے سکتی تھیں، مگر مریض کی نگرانی نہ کرسکتی تھیں، ڈاکٹر کے احکام کی پابندی کرسکتی تھیں، مگر ان کا دل منور کے درد سے دُکھتا نہ تھا، اُن کو اس کے جسم کے چھونے سے احتراز تھا۔ انھیں اس کے مرض سے گھن آتی تھی۔ حق تو یہ ہے کہ ان کے دل کو نہیں لگی تھی۔ ان کا سہاگ منور کے دم سے نہیں قائم تھا۔ البتہ جب سلمٰی نے منور کی حالت سُنی تو وہ بیتاب ہوگئی۔ حجاب و شرم کا دامن اس کے ہاتھ سے چھوٹ گیا، برق بیتاب کی طرح اپنی جگہ سے اُٹھی اور ماں کے قدموں میں جا کے گر پڑی، دونوں خوب لپٹ کے روئیں، بیٹی نے رُکتے رُکتے ایک ایسی بات کی خواہش کی جو آج تک ہندوستان میں کبھی نہیں ہوئی تھی۔ وہ اس پر مچلی تھی کہ وہ بن بیاہی اپنے شوہر کے پاس اس کی خدمت کرنے جائے گی، ماں نے سمجھایا، گھڑکا، ڈانٹا، مگر اس نے ایک سماعت نہ کی۔ وہ کہتی بجھتے ہوئے چراغ کی آخری لپک، بن دیکھے نہ رہوں گی، رنڈاپا قسمت میں ہے، رسوائی مقدر میں، مگر آخری خدمت کی حسرت دل میں کانٹے کی طرح ہمیشہ کھٹکے گی، دنیا جو چاہے کہے، اب مَیں نہ مانوں گی، جاؤں گی ضرور، آخر مجھے بھی ایک دن خدا اور رسول کو منہ دکھانا ہے یا نہیں؟ مَیں انھیں کیا جواب دوں گی؟'' سوت کی رسّی پتھر پر خط ڈال دیتی ہے، ماں کا دل تھا موم کا، بیٹی کی منتوں سے کیوں نہ پسیجتا؟ شوہر کو باہر سے بلا بھیجا۔ اُن سے بیٹی کی خواہش کا ذکر کیا، پہلے تو وہ ہندوستانی تربیت کے ماتحت خوب خوب بگڑے، چیخے پیٹے مگر جب یہ معلوم ہوگیا کہ بیٹی کی بالک ہٹ میں بیوی کی تریا ہٹ بھی شامل ہوتی جاتی ہے، اور بغیر اجازت دیئے بن نہ پڑے گی تو سوچ کے بولے: اچھا وہ جائے، مگر اس شرط پر کہ تم خود اسے اپنے ساتھ لے کے جاؤ۔''

بیوی نے کہا: ''کیا تم مجھے ایسے سڑن سمجھے تھے کہ میں اُسے تنہا جانے دوں گی؟ میاں منور بیمار ہوں یا اچھے سلمٰی جائے گی انھیں کے گھر اپنی سسرال، وہ بھی پہلی مرتبہ، پھر اس گھر میں

نہ کوئی بڑی بوڑھی ہے، اور نہ سنتی ہوں کہ کوئی عورت ذات، خدا جانے کیا پڑے کیا نہ پڑے، وہ بھلا تنہا ایسے مکان میں کیسے جاسکتی ہے۔"

میاں نے ذرا نرم ہو کے کہا: "ہاں میرا یہی مطلب تھا کہ اسے وہاں نہ جانا چاہیے۔" اور باہر چلے گئے۔

ایک ہی شہر کا تو معاملہ تھا، ماں بیٹی دونوں گاڑی پر سوار ہو کے، دو مامائیں ساتھ لے، اُسی وقت منور کے ہاں پہنچیں، گھر میں کوئی عورت تو تھی ہی نہیں۔ ان دو پردہ دار عورتوں کے پہنچ جانے سے اچھی خاصی چہل پہل ہوگئی۔ سلمیٰ کی ماں تو قیام و طعام کے انتظام میں مصروف ہوئیں، اور سلمیٰ اِدھر شوہر کے کمرے میں داخل ہوئی۔

رونمائی کی رسم انہیں نرس کے ذریعے انجام پائی، مگر یہ عجیب طرح کی بات تھی کہ اس وقت دُلہن صورت دیکھنے آئی تھی، اور دولہا آنکھیں بند کیے پڑا تھا۔ بلکہ اسے تن بدن کا بھی ہوش نہ تھا۔

ڈاکٹر منور ایک نواڑ کے پلنگ پر لیٹا کراہ رہا تھا قریب قریب سارا جسم عریاں تھا۔ ایک ململ کا دوپٹہ جسم پر ڈال دیا گیا تھا۔ کمرہ گندھک سے بسا ہوا تھا، باوجود حد درجہ احتیاط کے دو چار مکھیاں پلنگ کے قریب بھن بھن کرتی اُڑ رہی تھیں مریض کی صورت اس قدر بھیانک تھی کہ دیکھنے سے ڈر معلوم ہوتا تھا، انگریزی بال سر کے دانوں کی وجہ سے مونڈ دیئے گئے تھے، کرزنی چہرے پر داڑھی اور مونچھ کے بال ناہموار طور پر نکلے ہوئے تھے، سارے جسم پر ورم تھا ناک کا بانسا سوج گیا تھا، پلکیں پکی ہوئی تھیں، ہاتھ پاؤں، ہر ہر عضو، ہر ہر بن مو، دانوں اور زخموں سے ڈھکا ہوا تھا۔

سلمیٰ نے پہلی بار شوہر کو اس ہیئت میں دیکھا، اس نے جو خیالی تصویر اپنے دل میں بنا رکھی تھی۔ یا جو حلیہ اس سے دوسروں نے بیان کیا تھا، اس میں اور اس زخموں سے پھولے سُوجے متورم مجسّمے میں اتنا تفاوت تھا کہ چند منٹ تک اس کا یہی جی چاہا کیا کہ وہ چیخ مار کر بھاگ جائے، مگر صد ہا پشت کی تربیت کا خون میں جو اثر تھا، اور بچپن سے شوہر کی اطاعت اور خدمت کی جو تعلیم دی گئی تھی، وہ اب کام آئی، وہ ایک بار کانپی، اس کی آنکھوں کی پتلیاں پھیلیں اور سمٹیں اور اس کی مژہ پر آنسو جھلک آئے۔ پھر وہ لڑکھڑاتی ہوئی شوہر کے پلنگ کی

طرف بڑھی، نرس نے روکا، سلمیٰ نے اس کا ہاتھ جھٹک دیا، اور پلنگ سے مل کے فرش پر بیٹھ کے شوہر کا منہ تکنے لگی، گویا اس بگڑی ہوئی صورت میں خیالی تصویر کے آثار ڈھونڈھ رہی تھی! پھر دفعتاً چونک پڑی، دستی پنکھا اُٹھالیا شوہر کے جسم سے مکھی جھلتی جاتی تھی، اپنی آنکھوں سے آنسو بہاتی جاتی تھی، اور منور کے خشک لبوں پر برف کے چھوٹے چھوٹے ٹکڑے رکھتی جاتی تھی۔

نرس بڑے غور سے اس سماں کو دیکھ رہی تھی، اسے ایسا محسوس ہوا جیسے منور کی زندگی اب خطرے سے نکل گئی، اس لیے کہ اب مرض اکیلا تھا اور اس کی مقابل ایک کی جگہ دو روحیں! وہ اطمینان سے مسکرائی، اس نے 'امد گرویلس' کا ایک ناول اُٹھالیا، اور مریض و مرض سب کو بھول کر وہ اس میں غرق ہوگئی! تیمارداری کا بوجھ اب دوسرے کاندھوں پر تھا، وہ سبکدوش تھی۔

سلمیٰ کے آنے کے دوسرے دن سے مرض کا زور گھٹنے لگا، آہستہ آہستہ زخموں میں کھرنڈ پڑے، اور مرض، منور کی آنکھوں سے نور ہدیئہ لے کے اور چہرے اور جسم پر بہت سے داغ اپنی نشانی کے طور پر چھوڑ کے چلا گیا۔ ہوش و حواس درست ہوتے ہی ڈاکٹر منور نے اس حس کی کمی کو محسوس کیا، مزاج میں توکل اور صبر نہ ہونے کی وجہ سے اس نے آنکھوں کے جانے کا بڑا ماتم کیا۔ کئی وقت غذا نہیں کی، بات بات پر ہائے آنکھیں ہائے میری آنکھیں، کہہ کے چیخ چیخ کے رویا۔ سلمیٰ کئی دن تک زبان بند کیے رہی، مگر جب اس نے دیکھا کہ بے صبری حد سے زیادہ بڑھی جارہی ہے تو تسکین دینے والے لہجے میں بولی۔

"خدا کو یوں ہی منظور تھا۔ اب اتنا رنج فضول ہے۔"

منور نے آج پہلی دفعہ ایک نئی دلکش اور سُریلی آواز سُنی پوچھا۔ "کون؟"

سلمیٰ کے حلق میں کانٹے پڑ گئے، اس نے کئی مرتبہ زبان خشک ہونٹوں پر پھیری، رُک رُک کے بولی۔ "آپ کی لونڈی... سلمیٰ!"

منور نے تعجب سے پوچھا۔ "تم کیوں کر یہاں آئیں؟"

سلمیٰ نے آہستہ سے کہا۔ "اماں کے ساتھ... آپ کی خدمت کرنے!"

منور کی بے نور آنکھیں اس جواب پر کھل گئیں۔ اللہ اکبر! عورت اس قدر خطا پوش و عطا پاش ہے، وفا کا مجسمہ! محبت کی پتلی! ایثار کی جان! شرما کے بولا۔ "میں نے تمھارے ساتھ بڑا ظلم کیا ہے!"

جواب ملا۔ ''آپ مالک ہیں، آپ کو ہر طرح کا اختیار ہے۔''

منور کو اس جواب نے مدہوش کردیا، اس نے اندھوں کی طرح ٹٹول کے سلمیٰ کا نازک ہاتھ اپنے سخت ہاتھوں میں لے لیا، مگر اپنے مرض کے ساری ہونے کا خیال آتے ہی گھبرا کے چھوڑ دیا۔ سلمیٰ نے شرماتے شرماتے خود ہی ہاتھ بڑھایا اور وہ منور کی جھائیں کی سی کھر کھری ہتھیلی اپنے کنول سے نرم ہاتھوں سے سہلانے لگی۔ منور نے کہا:

''ہائے تمھیں میں اب دیکھ نہیں سکتا!''

نہایت ہی شیریں لب ولہجہ میں جواب ملا۔ ''نہیں اب بھی آپ دیکھ سکتے ہیں۔''

منور نے پوچھا کیسے؟

سلمیٰ نے کہا۔ ''دل کی آنکھوں سے!''

منور کے ہونٹ کانپنے لگے، پیشانی پر خجالت کا پسینہ جھلک آیا، تھوڑی دیر بعد وہ بولا ''نہیں! نہیں سلمیٰ، تم کو مجھ سے طلاق لے لینا چاہیے، میں پہلے روحانی طور پر اندھا تھا، اب جسمانی حیثیت سے بھی ہوں، میں تمھیں اپنی لکڑی نہ بناؤں گا۔''

سلمیٰ نے بڑی محبت سے کہا۔ ''آپ اس طرح کی باتیں نہ کریں، مجھے رنج ہوتا ہے۔ بیوی شوہر سے علیحدہ نہیں ہوسکتی! دونوں ایک دوسرے کے سہارے...''

منور نے قطع کلام کر کے کہا۔ ''مگر میری آنکھیں۔''

سلمیٰ نے بڑی محبت سے کہا۔ ''آپ اپنی آنکھوں کا کیوں بار بار ذکر فرماتے ہیں، پہلے بھی دو تھیں اور اب بھی ہیں۔''

منور خاموش ہوگیا، مگر سلمیٰ کے ایثار اور قربانی نے اس میں دبے ہوئے جذبات شرافت کو ابھار دیا تھا، خودی کے مد میں جو غیرت وحمیت کے پہاڑ ڈوب گئے تھے وہ اب بے خودی کے جزر میں سطح پر آگئے۔ اس نے پھر گھبرا کر کہا۔ ''نہیں نہیں یہ زندگی بھر کا ساتھ ہے، میری سیرت وصورت کے آدمی سے بناہ محال ہے۔''

سلمیٰ مسکرائی اور عجیب طرح کی متانت اور خودداری سے بولی۔ ''شوہر کی سیرت بیوی کے اختیار میں ہے۔ وہ جس رنگ میں چاہے ڈھال لے، وہ ماں کی طرح اسے سنوار اور بگاڑ سکتی ہے، میں نے تو اب آپ کی سیرت اپنے دل کے مطابق بنالی ہے۔''

منور گھبرا کے سلمٰی کا منہ تکنے لگا، گویا وہ یہ چاہتا تھا کہ اپنی قوتِ ارادی سے کام لے کے کسی طرح اس حجاب کو درمیان سے اُٹھا دے جو اس کی آنکھوں کے سامنے حائل تھا، جب وہ اس کوشش میں ناکامیاب رہا تو حد درجہ شکستہ آواز میں بولا۔ ''یہ بھی سہی لیکن صورت! ہائے وہ تو اب کسی قابل نہ رہی!'' سلمٰی نے عجیب دلربایانہ انداز سے دستِ حنائی بڑھا کے منور کی ٹھوڑی کے نیچے رکھا اور اسے آہستگی سے بلند کر کے بولی۔ ''اب تو وہ بھی میری آنکھوں سے دیکھی جائے گی۔''

منور کی آنکھوں سے آنسو ڈھلک کر رخساروں پر آ گئے، سلمٰی نے جھک کے اُنھیں پاک کر دیا۔ گویا شبنم کے موتی تھے کہ گلوں کی نازک پنکھڑیوں سے سمیٹ لیے گئے۔

منور نے بھرآئی ہوئی آواز میں کہا۔ ''واللہ تم عورت نہیں فرشتہ ہو!''

سلمٰی کا چہرہ خوشی سے چمک اُٹھا، معلوم ہوتا تھا اُفق مشرق سے ابھی ابھی آفتاب نکلا ہے وہ فخریہ لہجے میں بولی۔ ''نہیں، نہیں، میں ایسے مرتبے والی نہیں، میں صرف عورت ہوں۔ وہ بھی کوئی اور نہیں آپ کی بیوی، آپ کی باندی، آپ کی لونڈی!''

منور روتے میں مسکرا کے بولا۔ ''تو خدا سب کو ایسی ہی بیوی دے!''

اور دو پھٹے ہوئے دل اس طرح مل گئے۔ جیسے الٰہ آباد کے قریب گنگا جمنا... ہاتھوں میں ہاتھ لیے خلوص و محبت کے عہد دلوں میں، اور خوش زندگی بسر کرنے کی تدبیریں زبانوں پر!

پاگل

مظفر پاگل ہے۔ یقینی پاگل ہے۔ اس کے پاگل ہونے میں اور لوگ شک کریں تو کریں، مگر اُس شخص کو تو مظفر کی دیوانگی کا یقین ہی کرنا پڑے گا، جس نے اُسے دن کے دو بجے اور رات کے بارہ بجے چٹیل میدانوں اور سنسان ویرانوں میں 'رُپہلا پانی، سنہرا پانی' گاتے سنا ہے۔ خود مظفر کو نہ ان فقروں کی مہملیت کا احساس ہوتا ہے اور نہ اپنی آواز کی عدم موسیقیت کا۔ وہ گھنٹوں جھوم جھوم 'رُپہلا پانی، سنہرا پانی' کوّے سے ملتی جلتی آواز میں اِس خوش الحانی سے گایا کرتا ہے کہ بھولے بھٹکے راستہ چلنے والے کانوں میں اُنگلیاں دے لیتے ہیں اور آس پاس کی ہری ہری گھاس چرنے والے چوپائے بھڑک کر دُور بھاگ جاتے ہیں۔

اُس کی وضع قطع بھی پاگلوں کی سی ہے۔ سر اور داڑھی کے لمبے لمبے بالوں میں منوں گرد بیٹھی ہوئی...... بڑی بڑی خون کبوتر آنکھوں میں کیچڑ بھری ہوئی اور موٹے موٹے ہونٹوں کی باچھوں میں کف کی دھڑی جمی ہوئی...... سر پر میلی چکٹ ٹوپی...... بَر میں لمبا متعفن کُرتہ......اور ٹانگوں میں موٹا مارکین کا پائجامہ، اُس کی بھی یہ حالت کہ گھٹنوں تک ہر وقت کیچڑ میں اُٹا رہتا اور اکثر ٹخنوں سے نیچا ہو کر موزے کا کام دیتا ہے۔ پاؤں میں جوتا خواہ نیا ہو یا پُرانا، چپٹا ضرور کر دیا جاتا ہے اور اُسے اس طرح زمین پر کھینچا جاتا ہے جیسے راہ چلنا اور جھاڑو دینا دونوں کام بیک وقت ضروری ہیں۔ بھلا ان باتوں کے بعد کون کہے گا کہ مظفر پاگل نہیں ہے؟ سارا گاؤں اُسے پاگل سمجھتا اور پکارتا ہے۔ آپ بھی یہی کہیں گے اور یہی سمجھیں گے۔ مگر...مگر مظفر کی ماں ہر شخص سے لڑنے کے لیے تیار ہے کہ وہ پاگل نہیں ہے۔ وہ اُس کی آنکھوں کا تارا، زندگی کا سہارا ہے۔ نہ شوہر زندہ ہے، نہ بھائی اور نہ دوسرے اعزا۔ نہیں یہ درست نہیں۔

اعزا ایسے جن سے اُس سے خونی رشتہ ہے، ضرور زندہ وسلامت ہیں، دیور بھی ہے، بھاوج بھی، بھائی کے لڑکے بھی ہیں اور بہن کی اولاد بھی۔ ہاں مگر ایسا عزیز جو اس بیوہ کے دُکھ درد میں شریک ہو، جو اُس سے یہ پوچھے کہ ''بی بی تمھارے دل پر کیا گزرتی ہے۔تم دن کیسے کاٹتی ہو'' کوئی نہیں۔

اسی لیے اُس کی ساری دُنیا سمٹ کر مظفر میں محدود ہوگئی ہے۔ وہی اُس کی ساری کائنات ہے۔ پیری اور بیوگی کا سہارا، اپنی کوکھ کا پیدا، اُسی طرح گود کا پالا اور کھلایا ہوا۔ جس طرح دُنیا جہان کے بیٹے ہوتے ہیں، وہ بیٹے بھی جو ماں باپ کو سونے چاندی کے محلوں میں رکھتے ہیں اور وہ فرزند بھی جو بیویوں کے کہنے میں آ کر والدین کے جنازے کو کاندھا تک نہیں دیتے۔ پھر بھلا مظفر کو دیکھ کر اِس بڑھیا کی چھاتی مامتا سے کیوں نہ پھٹنے لگے؟ اور وہ اسے پاگل پکارنے والوں کو کیوں نہ پانی پی پی کر کوسے؟

اور بھئی ایمان ہے تو جہان ہے۔ مظفر سب کے لیے پاگل ہو تو ہو، مگر اپنی بیوہ ماں کے لیے تو وہ ہزاروں 'ہشیاروں' سے اچھا ہے۔ جہاں ماں نے کوئی کام بتایا اور وہ سر آنکھوں سے اُسے بجالانے کو دوڑا، اور حرف حرف پورا کیا۔ کیا مجال کہ ذرا سا فرق تو ہو جائے۔ مینہ پڑتا ہو، یا اولے گرتے ہوں۔ گرمیوں کی دوپہر ہو یا جاڑوں کی رات۔ گاؤں ہی میں کام ہو یا دو چار کوس کے فاصلے پر۔ مظفر اُس وقت تک دَم نہیں لے سکتا ہے جب تک کہ ماں کا حکم نہ پورا ہو جائے!

اکثر ایسا ہوتا ہے کہ مدتوں کے وطن آوارہ جب مکان پلٹتے ہیں تو مظفر کی ماں بیٹے سے سلام کہلا بھیجتی ہے۔ مظفر ڈیوڑھی میں آ کر کھڑا ہو جاتا ہے۔ چیخ چیخ کر نام لیتا جاتا ہے اور ''امّاں نے سلام کہا ہے، امّاں نے سلام کہا ہے'' کی رٹ اُس وقت تک جاری رکھتا ہے جب تک کہ مخاطب صحیح سامنے نہ آ جائے اور اسے جوابِ سلام نہ دے دے۔ لوگ ایسا بھی کرتے ہیں کہ مظفر سے غلط طور پر یہ کہہ دیتے ہیں کہ: ''بھیّا وہ اس وقت یہاں نہیں ہیں۔'' وہ ذرا کھانس کر پوچھتا ہے۔ ''امّاں نے اُن کو سلام کہا ہے، کہاں ہیں؟'' پھر اگر کسی دوسرے گاؤں سے متعلق کوئی کام ہوا کہہ دیا ''فلاں گاؤں گئے ہیں۔'' مظفر فوراً وہاں جانے کے لیے تیار ہو جاتا ہے۔ جب دو چار قدم چل لیتا ہے تو دھوکا دینے والا جلدی سے کہتا ہے۔ ''ہاں تو مظفر تم وہاں جا ہی رہے ہو، ذرا یہ کام بھی کرتے آنا'' اب مظفر غریب ماں کا سلام پہنچانے کو س دو کوس

کے فاصلے پر دوسرے گاؤں چلا جاتا ہے اور وہاں پیامبری کے فرائض خواہ نہ ادا ہوں لیکن اُن کا کام ضرور کرلاتا ہے۔ یہ یقینی انتہائی حماقت اور سادگی ہے مگر...''

ایک بار برسات میں جبکہ ندی نالے، دریا سب کے سب اُمڈے ہوئے تھے اور پانی ہفتوں سے متواتر برس رہا تھا، کسی شادی کے سلسلے میں مظفر کی ماں کو کسی کے ہاں جانا تھا، نئے کپڑے اور نئی جوتیاں ہونی چاہئیں۔ کپڑے تو خیر بکس میں موجود تھے، مگر جوتیاں کیونکر آئیں۔ بالآخر کئی وقت فاقے کیے گئے اور اِن سے اُن سے قرض اُدھار لے کر دام جمع ہوا۔ مگر پانی دم لینے ہی نہ دیتا تھا کہ شہر تک مظفر بھیجے جائیں۔ بالآخر ساتویں دن وہ بھی تھوڑی دیر کے لیے کھل گیا۔ جلدی جلدی مظفر کو ہمسائی کی جوتی لا کر دکھائی 'دیکھو بیٹا! سوا دو روپے میں ہمسائی کے میاں شہر سے لے آئے ہیں تم بھی چلے جاؤ۔ تم بھی ایسی ہی خرید لاؤ۔'' مظفر نے ہمسائی کی جوتی اُلٹ پلٹ کر دیکھی۔ اپنے پائجامے کے پائینچے گھٹنوں تک چڑھائے اور اپنے جوتے اس شان سے پہنے جیسے نہ اُن کی ایڑیاں بیٹھ چکی ہیں اور نہ اُن کی قطع بوسیدہ سلیپر کی ہے بلکہ وہ بالکل ٹخنوں تک کے نئے بوٹ ہیں۔ اور گنگناتا، کھانستا، تھوکتا، اور 'سنہرا پانی، رُپہلا پانی' گاتا ہوا گھر سے نکل کھڑا ہوا۔

تین کوس کی مسافت پیدل طے کرنا تھی، وہ ڈیڑھ گھنٹے میں طے کر ڈالی اور شہر میں پہنچا۔ ہر دُکان پر خواہ وہ بساطی کی ہو، بزاز کی، میوہ فروش کی، یا کسی اور کی ہو، پوچھتا چلا ''امّاں نے جوتا مانگا ہے، تمھارے پاس ہے؟'' کوئی اُس کی صورت دیکھتا اور چپ رہ جاتا، کوئی نیک دل سیدھا سادا جواب دے دیتا مگر بعض شریر استہزا بھی کرتے۔ دیوانہ سمجھ کر پھبتیاں بھی کستے اور خفا بھی ہوتے۔ جب کوئی بہت سختی سے جھڑکتا تو وہ نہایت سادگی سے کہتا ''ارے بھائی کیوں خفا ہوتے ہو، امّاں نے کہا ہے 'جوتہ لیں گے' اور پھر کچھ زیرِ لب بڑبڑاتا آگے بڑھ جاتا۔ خدا خدا کر کے ایک جوتوں کی دُکان پر بھی یہی سوال کیا۔ اُس دُکاندار نے اس کی صورت پر نظر کی پھر پوچھا 'دام لائے ہو' مظفر نے جلدی سے ازار بند سے کھول کر دام دکھائے اُس نے بھی جوتے دکھانا شروع کیے، مگر پاگل سمجھ کر ایک کا ڈیڑھ مانگتا، یہ کہتا ''نہیں یہ ویسا نہیں جیسا امّاں نے مانگا ہے۔'' بارے اُس طرح کا بھی جوتہ نکلا، اب دام پر بحث ہونے لگی۔ یہ کہتا ''امّاں نے سوا دو روپیہ دیا ہے۔ ہم اتنے ہی میں لیں گے۔'' وہ کہتا ''ڈھائی سے کم میں نہ ملیں گے۔ لینا ہو تو لو، ورنہ دوسری دُکان دیکھو'' یہ کہہ کر اُس نے سارے جوتے بکسوں میں بند کر کے رکھنا شروع

کردیے۔ مظفر اب تو گھبرایا۔ اسے محسوس ہوا کہ ماں کا محبوب جوتہ جیسے کوئی چھینے لیتا ہے۔ جلدی سے ہاتھ جوڑے "دے دو، اماں کو تکلیف ہوگی۔ سوا دو روپیہ لے لو۔" دُکاندار کچھ منغص ہو چکا تھا، اس نے دیوانے کی لجاجت کا کچھ خیال نہ کیا اور دُکان سے سختی سے دُھتکار دیا۔

مظفر کی سمجھ میں یہ نہ آتا تھا کہ وہ کیا کرے۔ اتنی دُکانوں پر پوچھنے کے بعد وہ جوتے ملے، جو ماں نے مانگے تھے مگر دُکان والا نہ دیتا تھا یہ تو ماں کے ساتھ صریحی ظلم تھا۔ غریب بیوہ پر۔ کوئی اس کا پوچھنے والا نہیں۔ اب ماں کیسے شادی میں جائیں گی۔ برادری میں عورتیں کہیں گی سوا دو روپیہ والا جوتہ نہ پہن کر آئیں۔ لوگ ذلیل کریں گے۔ کچھ نہ سمجھ میں آتا کہ کیا کریں۔ نہ یہ عقل میں آتا کہ دوسری دُکانیں دیکھیں۔ نہ یہی ذہن میں آتا کہ گھر پلٹ چلیں۔ ماں نے جوتے مانگے تھے، وہ اِس دکان پر موجود تھے۔ وہ سامنے والے بکس میں بند تھے مگر دُکاندار نہیں دیتا۔ پھر؟ بے بس ہو کر وہیں سڑک پر بیٹھ گیا۔ سارا دن بیٹھا رہا۔ دُھوپ تھی، اور اِس طرح کی تیز اور سخت دُھوپ، جو برسات میں پانی کھل جانے پر ہوتی ہے۔ مگر نہ تمازتِ آفتاب کی پروا تھی، نہ جلتی ہوئی سڑک کی۔ اس کی اماں والے جوتے سامنے دُکان میں رکھے تھے، اس پر نظر جمی تھی۔ اُنھیں کوئی چھوتا نہ تھا۔ ہر گھنٹے دو گھنٹے پر دُکاندار سے لجاجت سے کہتا "اماں کے جوتے دے دو" اور جب وہ ڈانٹ دیتا، چپ ہو جاتا۔ دُکان پر گاہک آتے، جوتے خریدتے چلے جاتے۔ مگر یہ ٹکٹکی باندھے بس اُس ڈبے کو دیکھ رہا تھا جس میں اس کی اماں کے جوتے رکھے تھے... کہ اتنے میں ابرِ محیط آیا، برق چمکی، رعد نے گرج کر بادلوں کا جگر پانی کر دیا۔ موٹی موٹی بوندیں گرنا شروع ہوئیں۔ سڑک سے لوگ بھاگنے لگے۔ جن کے پاس چھتریاں تھیں اُنھوں نے چھتریاں کھول لیں، جن کے پاس برساتیاں تھیں، اُنھوں نے وہ اوڑھ لیں۔ اور ہر ایک لمبے لمبے قدم رکھنے لگا۔ مظفر بھی گھبرا کر اُٹھ کھڑا ہوا۔ مگر جائے کہاں؟ سامنے ہی دُکان میں تو اماں کی پسند والا جوتہ رکھا تھا۔ زمین نے پاؤں پکڑ لیے۔ دُکاندار کو بڑی لجاجت سے دیکھا۔ اُس نے منہ پھیر لیا۔ معلوم ہوا ٹانگوں کی طاقت کسی نے سلب کر لی۔ بھد سے سڑک پر بیٹھ گیا۔ اب تیز ہَوا چلنے لگی اور ہر قطرۂ آب تیر کی طرح جسم پر آ کر لگتا۔ مگر اُسے پروا نہ تھی۔ ہوا اور تیز ہوئی اور دفعتاً انڈے کے برابر اولے پٹر پٹر، پٹر پٹر گرنے لگے۔ ہر ایک اس طرح جسم پر آ کر لگتا جیسے کوئی پتھر کھینچ کھینچ کر مار رہا ہو مگر وہ ستون کی طرح اپنی جگہ قائم رہا۔ ماں کے جوتے سامنے تھے، سامنے والی دُکان میں۔ اُس کو نہ ہَوا ہلا سکتی تھی، نہ پانی اور نہ اولے۔ یہ اُسی طرح

بیٹھا رہا۔ سارے کپڑے بھیگ گئے۔ سردی کے اثر سے دانت بجنے لگے۔ مگر جوتوں پر سے نگاہ نہ ہٹی۔ بالآخر دُکان میں پناہ لینے والے گاہکوں نے دُکاندار سے سبب پوچھا اور روداد سُنی۔ سب نے مل کر لعنت ملامت کی، اور پانی کم ہوتے ہی اُسے جوتے دلوا کر روانہ کر دیا۔

مطلع صاف تھا، پانی کھل چکا تھا، مگر ہوا کی سردی رگ وپے میں پیوست ہو چکی تھی۔ مظفر کے سینے پر سردی کا اثر تھا اور جوڑ جوڑ میں درد تھا۔ دن بھر کے فاقے سے چکّر آ رہا تھا۔ مگر وہ ماں کے جوتے کو سینے سے لگائے گنگناتا، کھانستا، تھوکتا، اور 'رُپہلا پانی، سنہرا پانی' گاتا چلا جا رہا تھا۔

ہاں ہاں مظفر پاگل ہے یہ یقینی پاگل ہے۔ اِس لیے کہ جب مظفر سر سے پاؤں تک بھیگا ہوا ماں کے جوتے لیے مکان میں داخل ہوا تو گو اس کا سارا جسم بخار سے جل رہا تھا مگر ماں اس کا سر سینے سے لگائے اس کے اُلجھے خاک آلود بال اپنی سوکھی سوکھی اُنگلیوں سے برابر کر رہی تھی اور اُس کی آنکھوں سے آنسو مظفر کے سر پر ٹپک ٹپک کر تیل کا کام دے رہے تھے!

✡✡

پرائیویٹ سکریٹری

مکیش نے آکسفورڈ سے بی اے کر کے بیرسٹری پاس کی، لیکن سند ملی ہی تھی کہ اطلاع ملی باپ سورگ سدھارے۔ وہ ہمیشہ کے شاہ خرچ تھے، اس لیے نہ گھر میں کچھ تھا نہ بینک میں۔ وہ جیسے تیسے ہندوستان واپس آیا تو اسے محسوس ہوا کہ اب خاندان اسی کو چلانا ہے۔ بیرسٹری کے لیے بھی تو کام کی ضرورت ہوتی ہے۔ وہاں روزانہ کا خرچ بھی قرض اُدھار پر چل رہا تھا۔ کیا کرے کیا نہ کرے، کچھ سمجھ میں نہ آتا تھا۔ اتفاق سے بلونت نے ایک اشتہار کی طرف توجہ دلائی۔ ایک ہزہائینس کو ایک پرائیویٹ سکریٹری کی ضرورت تھی۔ محل میں قیام و طعام کے علاوہ پانچ سو تنخواہ۔

مکیش نے کہا ''نہ یار مجھ سے یہ ہزہائیلسوں کے نخرے نہیں سہے جائیں گے۔''

بلونت بولا ''اس پر ہزہائینسوں کے نخرے بھی برداشت کر لو، مگر میاں بیرسٹری کی دُکان لگاتے لگاتے سالہا سال لگ جائیں گے اور اس عرصے میں کھاؤ گے کہاں سے اور کھلاؤ گے کہاں سے؟''

مکیش نے کہا ''ہاں بھئی، اپنا اکیلا معاملہ ہوتا تو میں روکھی سوکھی کھا کر گزارا لیتا مگر ماں بہنوں کو کیا کروں۔''

بلونت: ''اسی لیے تو کہتا ہوں کہ اپنی آزادی اور خودداری کی بھینٹ چڑھاؤ.....''

مکیش: ''تم تو ایسے یقین سے کہتے ہو کہ جیسے یہ جگہ ملی ہی جاتی ہے۔''

بلونت: ''میں ریاستوں کا تم سے زیادہ تجربہ رکھتا ہوں۔ مجھے یقین ہے کہ اگر تم نے معمولی سوجھ بوجھ سے بھی کام لیا تو یہ جگہ تمھیں مل کر رہے گی۔'' اور وہ ایک خاص انداز سے

مسکرایا۔

مکیش ابھی سوچ ہی رہا تھا کہ اس کی ماتا جی نے اندر سے پکار کر کہا "ارے مکیش، کچھ بندوبست ہوا؟"

مکیش نے بلونت کی طرف دیکھا۔ اس نے خاموشی سے پرس سے دس دس کے پانچ نوٹ نکال کر اس کی طرف بڑھا دیئے۔ مکیش ماتھے سے پسینہ پونچھتا ہوا اندر گیا اور ماں کو روپے دے کر فوراً پلٹ آیا۔ اسی دن اُس نے پرائیویٹ سکریٹری کے عہدے کے لیے درخواست بھیج دی۔

ایک ہفتہ بعد انٹرویو کی اطلاع ملی۔ ریاست کے وزیر اطلاعات ایک مقامی ہوٹل میں درخواست دہندگان کی شخصیت کا معائنہ فرمانے خاص طور پر بھیجے گئے۔ بیس پچیس امیدواروں کے ساتھ مکیش بھی اپنی باری پر کمرے میں بلایا گیا۔ کمرہ جدید طریقے پر سجا تھا اور اس میں بیٹھے تھے سوکھے سے ٹھگنے سے منتری جی۔ دھڑکتے ہوئے دل میں ان کی صورت دیکھتے ہی خود اعتمادی آ گئی۔ چھ فٹ کا خوبرو، خوش پوش، آکسفورڈ کا تعلیم یافتہ ایسے ویسوں کو کیا دھیان میں لاتا ہے۔ مگر ریاستی وزیر بڑا جہاندیدہ تھا۔ اس نے مکیش کو اُٹھایا، بٹھایا، چلایا پھرایا۔ بالکل اس ڈھنگ سے دیکھا جس طرح گھوڑا خریدتے وقت اس کے کان، دم ہم دیکھتے ہیں۔ پھر اس نے انگریزی میں چند سوالات کیے۔ مکیش نے آکسفورڈ کے لب و لہجے میں جوابات دیئے۔ منتری جی تعظیماً اُٹھ کر کھڑے ہو گئے۔ انگریزی حاکموں کے خاص لب و لہجے میں بولی جا رہی تھی۔ ایسے وقت کرسی پر نہیں بیٹھا جا سکتا تھا۔ پھر بھی سکریٹری کو صرف زبان ہی تو چلانی نہیں پڑتی، قلم بھی گھسنا پڑتا ہے۔ اس لیے وہ دوسرے کمرے میں بھیج دیا گیا۔ وہاں پچیس اور امیداروں میں سے اسے ملا کر صرف پانچ کو تین خطوں کے جواب اور ایک تقریر لکھنے کا حکم دیا گیا۔ دو خط میں دواداروں کی طرف سے چندہ کی اپیل تھی۔ ایک میں ایک انجمن نے سرپرستی کی درخواست کی تھی۔ تقریر کے لیے موضوع تھا ایک ادبی جلسے کے لیے خطبۂ صدارت۔

مکیش نے چندے والے خطوں کے جواب میں لکھا کہ آپ ریاست کے محکمہ خیر و خیرات سے خط و کتابت کریں۔ اس کے نیچے قوسین کے درمیان ایک نوٹ میں لکھ دیا کہ اس جواب سے سرکار عالی کی خوش انتظامی کی بھی تعریف ہو جائے گی اور جود و سخا کی بھی۔ ہر جگہ

چرچے ہونے لگیں گے کہ سرکار نے خیر و خیرات کے لیے ایک خاص محکمہ قائم کر رکھا ہے۔

سرپرستی چاہنے والی انجمن کو لکھا کہ سرکار عالی عمل کو قول پر ترجیح دیتے ہیں اور چونکہ انھیں ڈاکٹروں نے ریاست کے ضروری انتظامات کے علاوہ کسی نئے کام میں ہاتھ ڈالنے سے منع کیا ہے، اس لیے وہ کسی نئی انجمن کی سرپرستی قبول نہیں فرما سکتے۔ اس پر نوٹ لکھا کہ ''ہر انجمن والا یہی چاہتا ہے کہ وہ کسی بڑے آدمی کا نام سرپرستی میں حاصل کرے اور اس نام نامی کو اُچھال کر پبلک سے خوب چندہ وصول کرے۔ اس لیے سوائے چند مخصوص حالتوں کے سرکار کو کسی انجمن کی سرپرستی نہ قبول فرمانا چاہیے۔''

خطبۂ صدارت میں ادب برائے ادب کا نظریہ پیش کیا۔ اس کی تہذیبی اہمیت پر زور دیا۔ اس کے اقدار کی توضیح کی، جگہ جگہ انھیں مختلف عظیم شخصیتوں کے اقوال واشعار سے سجایا اور نئے ترقی پسندانہ رجحانات کی سختی سے مخالفت کی۔ نیچے نوٹ میں لکھا ''اصل مقالہ تو سرکار عالی خود ہی ڈکٹیٹ فرمائیں گے۔ یہ تو محض ایک خاکہ ہے جو بغرض ملاحظہ گزارا جا رہا ہے۔

جب تحریری مقابلے کے نتیجوں کے سلسلے میں وزیر اطلاعات نے مختلف جوابات کا ہز ہائینس سے ذکر کیا تو ہز ہائینس بھی موجود تھیں۔ انھوں نے مکیش کے جوابات خود بہ نفس نفیس پڑھے اور انھیں بہت پسند فرمایا۔ خاص طور سے ہر جواب کے نیچے جو نوٹ دیے گئے تھے انھیں بہت سراہا۔ ہز ہائینس نے بھی خوشنودی کا اظہار فرماتے ہوئے کہا ''یہ شخص ریاستوں میں ملازمت والی صلاحیت وذہنیت رکھتا ہے۔''

پھر وہ وزیر اطلاعات سے بولے ''ان پانچوں نوجوانوں کو ہر ہائینس کے سامنے پیش کیجیے۔ ان کا فیصلہ آخری ہوگا۔''

چنانچہ مکیش ہر ہائینس کے سامنے بھی پیش ہوا۔ انھوں نے اسے نظروں میں تولا۔ بالکل اس طرح جس طرح پہلوان اکھاڑے میں اپنے حریف کے کس بل، پٹھوں اور بٹوں کو دیکھتا ہے۔ ان کے سوالات بہت دلچسپ تھے۔ ہر ہائینس نے دریافت کیا ''آپ کی شادی ہوگئی ہے؟''

مکیش نے کہا ''جی نہیں سرکار!'' اس نے ہر ہائینس کے چہرے پر ایک ہلکی سی چمک دیکھ کر شرارت سے اتنا اور اضافہ کیا ''میں ابھی اس قید سے آزاد ہوں!''

انھوں نے مسکرا کر پوچھا ''بیوی نہیں تو کوئی محبوبہ ہوگی؟''

مکیش نے جواب دیا ''سرکار، میرا معیارِ حسن ذرا بلند ہے۔''

انھوں نے مسکرا کر ابروؤں کی کمان چڑھا کر کہا ''کچھ یقین نہیں آتا کہ یورپ اور ایشیا کے ان تمام ملکوں میں جہاں کی آپ نے سیر کی ہے، آپ کو آپ کے معیار کی کوئی حسینہ نہ دِکھائی دی۔''

اُس نے جواب دیا ''جی، نظر تو آئی مگر اپنی دسترس سے باہر ہے!''

دُرِ دنداں کی جھلک دِکھا کر ارشاد ہوا ''آپ ہمیں بتائیں، ہم کوشش کریں گے کہ آپ کی خواہش پوری ہو جائے۔''

مکیش نے گردن جھکا کر عرض کیا ''سرکار، یہ وہ مقام ہے جس کا ذکر کرتے ہوئے میری زبان جلتی ہے۔ اس ذات کے سلسلے میں خواہش کے لفظ کا خیال ہی مصیبت ہے۔ وہاں تو صرف پرساد ہی کی گنجائش ہے۔''

وہ مسکرا کر بولیں ''تو وہ انسان کی جگہ کوئی دیوی ہوگی!''

وہ ٹھنڈی سانس لے کر بولا ''جی ہاں سرکار، کچھ قبیل کی بات ہے۔''

اُس نے ترچھی نظروں سے دیکھتے ہوئے پوچھا ''اچھا یہ بتایئے کہ اگر آپ کو یہ اسامی دریافت کرنے میں کوئی رُکاوٹ تو نہ پیدا ہو جائے گی!''

وہ بولا ''جی سرکار۔ دیوی کی پرستش کا بہ اطمینان موقع اس ملازمت کے بعد ہی مل سکتا ہے!''

ہر ہائینس نے اپنے پتلے پتلے ہونٹوں پر زبان اس طرح پھرائی جیسے وہ کسی شیریں چیز کا ذائقہ محسوس کر رہی ہیں۔ پھر انھوں نے نظریں نیچے کر کے پوچھا ''اچھا، یہ بتایئے کہ اگر ہز ہائینس کسی بڑے ہوٹل میں جا کر مقیم ہوں اور میں بھی ساتھ ہوں تو آپ قیام کے کمروں کا کیا انتظام کریں گے؟''

وہ بولا ''جی، پورا ونگ کرایہ پر لے لیا جائے گا۔ ایک سرے پر ہز ہائینس کا کمرہ ہوگا، دوسرے سرے پر سرکارِ عالی کا۔ بیچ میں دونوں سرکاروں کے مخصوص خادم خادمائیں اور یہ غلام۔''

ہر ہائینس نے آخری سول سب سے عجیب کیا۔ انھوں نے پوچھا ''مسٹر مکیش فرض کیجیے میں کسی ایسے کام میں مشغول ہوں کہ اس وقت ہز ہائینس کا میرے کمرے میں تشریف لانا مناسب نہ ہو تو آپ اس کا فوری کیا انتظام کریں گے؟''

اس نے عرض کیا ''اگر مجھے بروقت اطلاع دے دی گئی تو میں ہز ہائینس کے لیے ایسی تفریحوں یا حادثوں کا بندوبست کردوں گا کہ انھیں سرکار کے کمرے تک جانے کا خیال بھی نہ آئے!''

ہر ہائینس نے خوشی سے تالی بجا کر کہا ''واہ واہ مسٹر مکیش، آپ یقینی ہر طرح ہمارے ہز ہائینس کے پرائیویٹ سکریٹری بننے کے لائق ہیں۔ مجھے یقین ہے کہ اگر آپ نے ہز ہائینس کے سوالات کے جوابات بھی اتنی ہی ہوشیاری سے دیئے تو آپ یقینی اس اہم عہدے پر مقرر کر دیے جائیں گے۔''

اس نے پیر پٹک کر بالکل سترہویں صدی کے مغربی طرز سے دست بوسی کی اور ہر ہائینس کی طرف پشت کیے بغیر پیچھے ہٹتا ہوا باہر نکل گیا۔

وہ اب ہز ہائینس کے سامنے پیش کیا گیا۔ انھوں نے سر سے پاؤں تک اس طرح نظروں میں تولا جس طرح چکوا بکرے کو آنکھوں میں تولتا ہے۔ پھر دفعتہً پوچھا ''پرائیویٹ سکریٹری کی صحیح تعریف سے واقف ہو؟''

اُس نے کہا ''میں کیا اور میرا علم ہی کیا، مگر جو کچھ میری موٹی عقل میں آتا ہے اس کے رُو سے پرائیویٹ سکریٹری اپنے آقا کا غلامِ خاص ہے۔ وہ سرکار کو ہر طرح کی آسائش پہنچانے کا ذمہ دار ہے۔ اس کا کوئی حصہ، جسم اس کا اپنا نہیں ہوتا۔ وہ کسی عضو سے سرکار کے حکم کے بغیر اپنا نجی کام نہیں لے سکتا۔ نہ اپنی آنکھوں سے اپنے لیے دیکھ سکتا ہے، نہ کانوں سے اپنے لیے سن سکتا ہے، نہ اپنے ہاتھوں سے خود اپنے کام انجام دے سکتا ہے اور نہ اس کی زبان سرکار کی مدح سرائی کے علاوہ خدا تک کی حمد میں تر ہو سکتی ہے!''

کچھ دَم لینے کے لیے رُکا تو سوال ہوا ''اور اس کا دماغ؟''

وہ جھٹ سے بولا ''اس کی کنجی تو بالکل سرکار کے ہاتھوں مین ہوگی۔ جب ہز ہائینس چاہیں گے وہ مشین کی طرح کام کرے گا، جب سرکار نہ چاہیں گے وہ بند پڑا رہے گا۔''

ہز ہائینس مسکرائے ''یقینی تم نے صحیح تعلیم پائی ہے۔ اچھا یہ تو بتاؤ کہ تمہارے نزدیک حسین کون ہے؟''

اُس نے ہاتھ جوڑ کر عرض کیا ''جو سرکار کو بھائے! مہاراج کی جوہر شناس آنکھیں انتخاب کریں۔''

ہز ہائینس نے بڑے سر پرستانہ انداز سے اس کی پیٹھ تھپک کر فرمایا ''تم یقینی میرے سکریٹری بننے کے مستحق ہو۔ بس ایک بات اور رہ گئی۔ ذرا انگریزی ایجنٹ سے بھی مل آؤ۔''

انگریز ایجنٹ گورنر جنرل کی خدمت میں بھی پیشی ہوئی۔ گرگ باراں دیدہ تھا۔ مگر اس نے مکیش کو لومڑی کی سی عیارانہ آنکھوں سے دیکھا۔ بڑے تپاک سے ملا۔ اُس نے پوچھا ''ہر ہائینس اور ہز ہائینس دونوں نے آپ کا تقرر منظور فرمالیا؟''

اس نے سر جھکا کر کہا ''جی، خیال تو یہی ہے!''

اُس نے مکیش کو غور سے دیکھا۔ پھر سوال کیا ''تمہاری نظر میں ریاست کا سب سے اچھا ملازم کون ہے؟''

مکیش نے کہا ''میری کیا بساط کہ میں ایسے اہم مسئلے پر کسی ذاتی خیال کا اظہار کروں!''

اُس نے سنجیدگی سے کہا ''نہیں، نہیں۔ آپ وزیروں سے بھی زیادہ اہم کام انجام دینے کے لیے مقرر کیے جا رہے ہیں۔'' آپ کی رائے جاننا ضروری ہے۔''

مکیش بولا ''تو میری حقیر رائے میں تو ریاست کا سب سے اچھا ملازم وہی ہے جو ریاست کے ہر اہم معاملے کو ہز ہائینس کے کانوں تک پہنچانے کے لیے حضور کی طرف رجوع کر کے حضور کی رائے معلوم کرے اور مہاراج کو اپنی حسنِ تدبیر سے اسی فیصلہ پر پہنچنے میں مدد دے۔''

اس نے جھوٹی تیوری چڑھا کر پوچھا ''یہ کیوں؟''

مکیش نے کہا ''اس لیے کہ حکومت کرنے کا دماغ حضور کو عطا ہوا ہے اور ہز ہائینس کو صرف عیش کرنے والا مزاج!''

وہ اُٹھ کر کھڑا ہو گیا۔ اس نے گرم جوشی سے ہاتھ ملایا اور مکیش کو رخصت کرتے ہوئے بولا۔

''مسٹر مکیش، میں آپ کو آپ کی تقرری پر مبارکباد دیتا ہوں۔ آکسفورڈ کی تعلیم آپ کے معاملے میں ذرّہ بھر بھی رائگاں نہیں گئی!''

جب وہ تقرری کا حکم لے کر گھر پہنچا تو بلونت موجود تھا۔ اس نے ہنس کر پوچھا ''کہو یار بازی جیت آئے؟''

مکیش نے خاموشی سے اس کی طرف کاغذ بڑھا کر کہا ''ہاں اپنا جسم ہی نہیں اپنا ضمیر بھی داؤ میں ہار کر آ رہا ہوں۔''

اور اس کی آنکھوں سے دو گرم گرم بوندیں ٹپک پڑیں۔

پیٹ

جیٹھ کی شام تھی، لال لال سورج تاریکی کی گود میں اس طرح ڈوب رہا تھا جیسے دہکتا ہوا انگارہ راکھ کے ڈھیر میں آہستہ آہستہ چھپتا ہے۔ زمین بالکل اسی طرح تپ رہی تھی جس طرح تیز بخار کے مریض کا پنڈا جلتا ہے۔ مطلع اس طرح غبار آلود تھا جس طرح سندھ کے ریگستان کے مسافر کا چہرا بالو سے اَٹا ہوتا ہے۔ درختوں کی پتیوں اور ڈالوں سے وہی اضمحلال ظاہر ہوتا تھا، جو کوئلے کی کانوں میں کام کرنے والے مزدوروں کے چہرے پر شام کو پلٹتے وقت دِکھائی دیتا ہے، اور کھیتوں کی زمین سوکھ سوکھ کر اس طرح شگافتہ ہوگئی تھی جیسے دن بھر ننگے پاؤں چلنے والے کسانوں کے تلوے پھٹ جاتے ہیں۔ غرض ذرّے ذرّے پر ایک مایوسی، ایک تھکن، ایک افسردگی سی چھائی ہوئی تھی... ہر چیز جلی ہوئی، ہر شے مرجھائی ہوئی، ہر پودا سوکھا ہوا!

ایسی فضا میں کملا گھر سے نکلی۔ سترہ اٹھارہ برس کا سن۔ شباب پورے شباب پر! مگر چہرہ مرجھایا ہوا، گردن جھکی ہوئی، رفتار بتاتی تھی کہ خیال ہر قدم پر زنجیریں پہناتا ہے اور انداز کہتا کہ دماغ اُلجھنوں میں پھنسا ہے۔

وہ یونہی سر جھکائے گاؤں کی خاک سے بھری ہوئی کچی سڑک پر تھوڑی دُور چلتی رہی، اس کا چپل، اور اس کی سادی ساڑی کا نچلا حصّہ گرم خاک میں اَٹ گیا۔ اس کے پاؤں نے اس بھوبھل کی حدّت کو محسوس کیا۔ وہ غیر ارادی طور پر سڑک کی پگڈنڈی کی طرف مڑ گئی۔ سامنے باغ تھا، کسی اندھے بھکاری کے دیدوں کی طرح میلا، بے کیف، وحشت دلانے والا۔

کملا اِسی باغ میں گھس گئی، مگر باغ کے اندر گھر کے صحن سے بھی خراب ہَوا ملی۔ زہریلی، متعفن، راحت و سکون کی دشمن! کملا نے لب جھپ اسے بھی پار کیا۔ آگے ایک ٹیلا سا تھا، یہاں سے قصبے کے اس کچے تالاب کی حدیں شروع ہوجاتی تھیں جہاں گرمیوں میں چراغ

جلنے سے پہلے تک قصبے کے نوجوان اہیر اپنی بھینسوں کو نہلانا فرض سمجھتے تھے۔

گھر سے یہاں تک کملا کے آتے آتے آسمان سے وہ سُرخی بھی غائب ہو چکی تھی جو آفتاب اپنے ترکے کے طور پر روز چھوڑ جاتا ہے۔ اب اُس کی جگہ ایک ہلکی ہلکی، میلی میلی سی روشنی چاروں طرف پھیل گئی تھی، تالاب مویشیوں اور چرواہوں سے خالی تھا، درختوں پر چڑیاں گھونسلوں میں چھپ کر بیٹھ گئی تھیں اور ہَوا میں سوائے دو ایک بھولی بھٹکی ابابیلوں کے کوّے تک اُڑتے نہ دکھائی دیتے تھے۔

کملا ٹیلے پر تو ذرا تیز قدم رکھتے ہوئے جلدی سے چڑھ گئی، مگر وہاں پہنچ کر وہ ایک ٹھونٹھ کا سہارا لے کر کھڑی ہوگئی اور ہانپنے لگی! وہ اس لیے نہیں ہانپ رہی تھی کہ اب وہ اپنے خطرناک مقصد کے بالکل قریب آ گئی تھی۔ اس کو اپنے سینے میں دَم رُکتا ہوا سا محسوس ہوتا تھا۔ اس لیے ٹھٹھری اور پیٹ کے درمیان کے ایک حصّے کو ایک ہاتھ سے دبا کر پھنسی ہوئی سانس کے اُوپر آنے میں آسانی پیدا کی، مگر منہ تک آ کر شاید وہ پھر اَٹکی، اِس لیے کہ اس نے دو بار زبان ہونٹوں پر پھرائی اور لعاب دہن گھونٹنے کی تین مرتبہ کوشش کی، پھر اُس نے ساری کے آنچل سے چہرے کا پسینہ پونچھا، اور تالاب کی طرف جھانک کر دیکھا... تاریکی میں ایسا معلوم ہوا جیسے وہ پانی کی جگہ سیاہی سے بھرا ہوا ہے!

وہ ڈرتی، جھجکتی، آگے بڑھی۔ اس طرح بڑھی جس طرح اژدہے کی طرف اُس کی آنکھوں کی کشش سے مجبور ہوکر اس کا شکار بڑھتا ہے۔ بند بند کانپتا ہوا، جوڑ جوڑ بولتا ہوا! لڑکھڑاتی، ٹیڑھے ٹیڑھے قدم رکھتی، وہ کگارے پر آ کر ٹھٹکی۔ زندگی بڑی پیاری تھی، موت بہت ڈراؤنی!

کملا کا دل پھر دھڑکنے لگا۔ تالاب میں گرنے سے پہلے ہی وہ اپنے پسینے سے بھیگ گئی۔ خودکشی کے عزم اور موت کے ڈر میں پھر رسّہ کشی شروع ہوئی۔ یہ ذہنی کشاکش کچھ ایسی سخت تھی کہ کملا نے اپنے جسم میں حد درجہ کمزوری محسوس کی۔ وہ کانپ کر کگارے پر اُکڑوں بیٹھ گئی اور گھٹنوں پر سر رکھ کر آنکھیں بند کیے اُس بحث کو سننے لگی جو اُس کے دماغ میں جان دینے اور جان نہ دینے کے درمیان جاری تھی۔ ایک طرف بیوگی کی زندگی کی مصیبتیں ناجائز بچے کے پیٹ میں ہونے کی شرم، ماں باپ، خاندان والوں کا ڈر، اور ہم سنوں ہجولیوں میں سُبکی کی غیرت، دوسری جانب اپنے ہاتھ سے اپنی جان دے دینے کا بے سود ہونا، باکار اور سود مند

زندگی کو محض ایک خیالی شے، گناہ اور بے عصمتی کے لیے کھو دینا اور حال کی بدحالی کی وجہ سے مستقبل درخشندہ سے بالکل ہاتھ دھو بیٹھنا، اور سوسائٹی، رسم پرست، قدامت پسند، برخود غلط سوسائٹی سے بغیر بدلہ لیے ہوئے دُنیا سے چلا جانا! گویا کالج کا مباحثہ تھا، جہاں دونوں جانب کے طلبا پوری ذہانت اور قابلیت کے ساتھ بحث میں لگے تھے اور فیصلہ اس کے سر تھا۔ وہ جانبین کے دلائل سنتے سنتے گھبرا گئی۔ اُس نے اُکتا کر سر اُٹھایا۔ تالاب نے اُسے اپنے دیدۂ بے نور سے گھور کر دیکھا۔ وہ پھر کانپی اور کھڑی ہوگئی۔ اس نے چاروں طرف نظر دوڑائی، غیر ارادی طور پر اُس کے پاؤں پیچھے ہٹے۔ قریب کے ٹھونٹھ پر سے اُلّو بولا، تالاب کے اِس کنارے پر سے کسی بوڑھے جغادری مینڈک نے 'غرغر' کی۔ اس نے بدحواسی میں اس طرف دیکھا، تالاب سے بہت دُور کسی دوسرے گاؤں کے ایک جھونپڑے میں ایک دِیا ٹمٹما رہا تھا، وہ اُسی طرف مڑ پڑی اور تالاب کے کنارے کنارے چل کر اُسی روشنی پر نظر جمائے روانہ ہوگئی!

کملا بائی نے اپنی کلکتہ والی عالی شان کوٹھی کی کھڑکی سے جھانک کر نیچے دیکھا، وہ ایک قیمتی ساڑی میں ملبوس، جواہر نگار زیورات سے مزیّن شام کی تفریح کے لیے جا رہی تھی، ڈرائیور کو نیچے موٹر لا کر لگا دینے کا حکم دیا جا چکا تھا، اسی کا انتظار تھا۔

موٹر تو نظر نہیں پڑا، مگر مختلف کارخانوں سے چھوٹے ہوئے مزدور اور بابو دکھائی دیے۔ ہر ایک کے چہرے سے اضمحلال، ہر ایک کی چال میں تھکن، ہر ایک کے کپڑے میلے، کوئی بیڑی پیتا ہوا، کوئی سگریٹ سلگائے ہوئے، کوئی چُرٹ منہ میں دبائے ہوئے۔ مگر ہر ایک کے پاؤں سڑک پر ڈھیلے پڑتے ہوئے! ایسا جان پڑتا، پاؤں کئی کئی من کے ہیں اور خود سے اُٹھتے نہیں، بلکہ کھنچے جا رہے ہیں۔ ان مایوسوں کے مجمع کو ایک قلی بڑی حسرت سے دیکھ رہا تھا۔ ننگے سر، ننگے پاؤں، ایک میلی سی پھٹی دھوتی پہنے، ایک بڑا سا جھوّا لیے ہوئے۔ وہ ہر بابو جی کے پیچھے تھوڑی دُور دَوڑتا، بار بار کہتا "مجور ہجور! مجور ہجور!" اور پھر ایک سے مایوس ہو کر دوسرے کا آسرا ڈھونڈھتا۔

اس میلے کچیلے مزدور پر نظر پڑتے ہی کملا چونک پڑی۔ وہ ذرا سا مسکرائی، اِس لیے ملازم کو آواز دے کر حکم دیا کہ اس مزدور کو بلا لائے۔

مزدور بائی جی کے کوٹھے پر آیا، کچھ متعجب، کچھ خوش۔ تعجب اس کا کہ بائی جی کے یہاں

اس کے لیے کیا کام ہو سکتا ہے، خوشی اس کی کہ کام ملنے کی ڈھارس تو بندھی، آٹھ گھنٹے کی بے سود تلاش کے بعد دو چار پیسے مل جانے کی اُمید تو ہوئی!

یہاں جو پہنچا تو آنکھ ملتے ہی اُچک پڑا۔ بالکل اس طرح جیسے چلتے چلتے پاؤں میں ببول کا کانٹا گڑ جائے۔ کملا ہنس پڑی۔

''پہچان لیا، منگل؟''

''ارے تم کہاں، کملا؟''

''اور تمھارے کرتوتوں کے بعد ہوتی کہاں؟ گاؤں کے تالاب میں!'' منگل نے سر جھکا لیا۔

کملا بولی: ''پر مَیں تم سے ناخوش نہیں ہوں، تم نے دھوکا نہ دیا ہوتا تو مَیں بہت سے بہت ایک بیوہ کی طرح رو رو کر، سپید دھوتی باندھ کر، سر منڈوا کر، اپنی سسرال والوں کی جوتیاں کھاتی ہوتی! مگر آج دیکھتے ہو یہ سب سامان؟''

منگل نے رُک رُک کے کہا: ''پر... نرک کملا؟''

وہ کھلکھلا کر ہنس پڑی، بولی ''نرک منگل! ارے ننگے پیٹ سے بھی بڑھ کر کوئی نرک ہے!''

باسی پھول

صابرہ کو رخصت کیے ہوئے سات برس کا زمانہ گزر چکا تھا، میں بھی نوجوانی کی حدوں کو پار کر کے اور طالب علمی کی بے فکری کو خیر باد کہہ کے، اب ایک ذمہ دار انسان کی طرح، اور ایک باقاعدہ وکیل کی حیثیت سے، دن بھر کچہریوں کی خاک چھانتا اور بارہ بارہ بجے رات تک صابرہ کی یاد میں نہیں، بلکہ محض قانون حفظ کرنے، اور نظیریں ڈھونڈھنے کے لیے، لیمپ جلائے، اپنے دفتر میں بیٹھا کام کیا کرتا تھا۔ میں ہرگز دعویٰ نہیں کر سکتا تھا کہ صابرہ کی یاد مجھے اب بھی ستاتی تھی، اس لیے کہ امتدادِ زمانہ نے دل کو اس تکلیف سے اِس قدر مانوس بنا دیا تھا کہ اب الم کی جگہ لذّت محسوس ہوتی تھی۔ سن کے بڑھنے کی وجہ سے اعصابی ہیجان مفقود، اور جذبات کا وفور معدوم ہو گیا تھا۔ گویا چشمۂ محبت میں، برساتی مدوجزر کی جگہ، اب موسمِ گرما کی سبک و نرم روانی تھی، ہیجان و ہوسنا کی کے خس و خاشاک تہہ نشیں ہو چکے تھے اور طغیان و طوفان کی جگہ صفائے قلب و استواریٔ وفا نے لے لی تھی۔ اگر دل میں درد تھا تو وہ بالکل ویسا جیسا کہ محنتِ شاقہ سے اعضا میں پیدا ہو جاتا ہے اور جس کی وجہ سے جسم کے دبانے میں ایک خاص قسم کا لطف حاصل ہوتا ہے، اس درد کو جوڑوں کی اس چوٹ سے بھی تشبیہ دے سکتے ہیں جو پروائی میں چمک اُٹھتی ہے، صابرہ کی یاد کے لیے پروائی کا کام وہ مرجھائی ہوئی کلی کرتی تھی، جو اب بھی، ہر سال عقد کی تاریخ کو، میرے پاس پُرزے میں لپٹی ہوئی

بھیج دی جاتی تھی، ان دِنوں میں پُرزے کی جگہ دوخطوں نے لے لی تھی۔ان دونوں خطوں میں اظہارِ خلوص کے ساتھ ساتھ اس اَمر کی نصیحت کی گئی تھی کہ مجھے اب جلد سے جلد شادی کرلینا چاہیے اورآخری خط میں مشاطگی کے فرائض کی انجام دہی کی آمادگی بھی ظاہر کی گئی تھی!

مَیں جھوٹ نہ بولوں گا۔ مجھے شادی کے نام سے نفرت نہ تھی اور نہ اب مجھ میں صابرہ کے متعلق وہ والہانہ کیفیت باقی تھی کہ میں سوائے اس کے کسی دوسرے کے ساتھ اس ذکر ہی کو ناپسند کرتا، لیکن پھر بھی صابرہ کی طرف سے اس اَمر کی سلسلۂ جنبانی بجھتی ہوئی آگ پر تیل چھڑکنے کے مترادف تھی۔غور کرنے والی بات یہ تھی کہ وہ عورت جوشوہر، اولاد، اور خانہ داری کے علائق میں گرفتار ہونے کے باوجود ہر سال میری محبت کی یادگار مناتی رہے، جب میرے لیے رفیقِ تنہائی کی تلاش کا کام بھی اپنے ذمہ لے اور خود کوشش کرے تو اس کی اس نئی عنایت سے دل میں جذبہ ٔ امتنان بڑھے گا، یا نہیں، اور اس کی قدر و قیمت میں اضافہ ہوگا یا نہیں؟ صابرہ کی محبت کو اگر کوئی شئے پھر اس کی پچھلی صورت میں لاسکتی تھی۔تو اس کی یہ تحریک تھی۔نتیجہ یہ ہوا کہ اس آخری خط کے پانے کے بعد مَیں اپنے میں وہی والہانہ کیفیت پانے لگا، جو آٹھ برس پہلے مجھ میں موجود تھی۔گویا آتشِ محبت کی بجھتی ہوئی چنگاری کو جو علائق کے خاکستر میں دَبی پڑی تھی، صابرہ نے پھر اپنے ہاتھوں ایک شعلہ جوالہ بنادیا۔مَیں سات دن متواتر شب وروز اس آگ میں جلتا رہا۔بالآخر آٹھویں دن مَیں نے صابرہ کے خط کا جواب بھیجا اس خط میں مَیں نے خدا جانے کتنی قسموں کے ساتھ اپنے اس عہد کو دہرایا تھا کہ میں اب تمام عمر یوں ہی بن بیاہا رہوں گا اور خط ختم اس فقرے پر کیا تھا کہ ''مجھے نارمل کی زندگی سے اپنی یہی زندگی پسند ہے جب اتنی فرصت ہے کہ:

بیٹھا رہوں تصورِ جاناں کیے ہوئے!

صابرہ نے جو اس کا جواب لکھا تھا وہ میرے پاس محفوظ ہے۔اس لئے اس کی نقل بآسانی ممکن ہے۔ملاحظہ ہو:

''میرے دیوانے! آپ کا خط ملا۔اسے پڑھ کر مجھے جتنی خوشی ہوئی اس سے زیادہ رنج ہوا۔دنیا میں بھلا کون سی عورت ہے، جسے اس یقین سے خوشی نہیں ہوتی کہ اس سے ایک شریف تعلیم یافتہ مرد محبت کرتا ہے اور وہ بھی شریفوں کی طرح محبت کرتا ہے! آپ نے جس شرافت

سے میری اور اپنی محبت کو نباہا ہے، اس کی قدر نہ کرنا، عشق و وفا کا نام رُسوا کرنا ہے۔ لیکن واقعات، خواہشات کے پابند نہیں ہوتے اور جو کچھ میرا اور آپ کا جی چاہتا تھا، اور جو کچھ میرے اور آپ کے معاملے میں واقعات پیش آئے، اُن دونوں میں زمین و آسمان کا فرق ہے۔ میں بیاہی جا چکی، خیر سے بچے والی بھی ہوں، اللہ اسے زندہ رکھے میرا بچہ تین چار برس کا ہو چکا ہے۔ بے حیائی ضرور ہے۔ مگر اظہارِ واقعہ اس موقع پر غالباً واجب و لازم ہے، اس لیے عرض کرتی ہوں کہ میرے بہار کے دن ختم ہو چکے۔ میری آنکھوں کا رس میرے ہاتھ پاؤں کا کس بل زائل ہو چکا ہے۔ مَیں نہ اب نوجوان ہوں نہ بن بیاہی اور آپ ابھی تک گذشتہ ایام کی تصویریں کلیجے سے لگائے بیٹھے ہیں! آپ کی صابرہ سات آٹھ برس قبل والی صابرہ اس دنیا میں نہیں ہے! پھر اس کی یاد کیسی؟ اور اس یاد پر دنیا کا تج دینا کیسا؟ کیا آپ کی اس محبت ......آپ کی اس وفا کے بعد بھی میرا جی نہیں چاہتا کہ میں آپ کو آرام سے دیکھوں؟ آپ کہیں گے۔ 'میرے لیے گزرے ہوئے دِنوں کی تصویریں بہت ہیں!' میں عرض کروں گی تصویروں میں وہ گرمی نہیں جو عورت کے دل میں ہے، وہ خدمت کی صلاحیت نہیں جو عورت کے نازک ہاتھوں میں ہے اور وہ تسکین دہی کی طاقت نہیں جو زندہ عورت کے سینے میں ہے! میں آپ کو کیسے سمجھاؤں:

ہائے کمبخت تو نے پی ہی نہیں!

مَیں اس لیے آپ کے سامنے ہاتھ جوڑتی ہوں آپ کو خدا اور رسول کا واسطہ دلاتی ہوں اور آپ کو اپنے ہی سر کی قسم دیتی ہوں کہ اب بن بیاہے رہنے کے خیال کو دل سے نکال ڈالیے اور اپنا گھر بسائیے! زندگی کی گاڑی بغیر دونوں پہیوں کے نہیں چلتی۔ آپ دنیا میں رہ کے سنیاس لیے بیٹھے ہیں اور وہ بھی مجھ نصیب جلی کے لیے! وفا ہو چکی محبت کے امتحان کی حدیں کب کی گزر گئیں، اب تو صریحی خودکشی اور قطع نسل ہے! اگر مجھے آپ کی قدر نہ ہوتی۔ اگر میں آپ کے استقلال اور آپ کی پامردی کی قائل نہ ہوتی، یا میں آپ ہی کی صابرہ نہ ہوتی تو میں اپنی جگہ پر اس سے خوش ہوتی کہ آپ نے اپنی زندگی میرے پیچھے تباہ کر دی! لیکن میں سچ کہتی ہوں کہ مجھے آپ کی اس موجودہ زندگی کا جب خیال آتا ہے تو میں کانپ اُٹھتی ہوں۔ میری سی حقیر و ذلیل عورت کے لیے آپ سا مرد اور جوگ لے! یہ میرے اوپر اتنا بار ہے جو میرے کمزور

کاندھوں سے اُٹھایا نہیں جاسکتا! اللہ اپنے پر اور مجھ پر رحم کیجیے اور اپنا گھر بسایئے!

آپ اگر یوں نہ مانیں گے تو میں خود کوئی لڑکی تلاش کر کے آپ کے متعلق سلسلہ جنبانی شروع کردوں گی، پھر تو آپ اپنی صابرہ کو جھوٹی نہیں بنا سکتے! میں آپ کے جواب کا بے چینی سے انتظار کرتی رہوں گی!"

اس خط کے پڑھنے کے بعد جو میری حالت ہوئی اس کا اندازہ انھیں لوگوں کو ہوسکتا ہے جو صاحبانِ دل ہیں۔ایک طرف تو میرے دل میں صابرہ کے اِس نئے ایثار اور اپنی یاد کی قربانی کی ترغیب پر مر مٹنے والا پیار آتا۔دوسری جانب عقلِ سلیم یہ کہتی کہ صابرہ کی رائے درست و صحیح ہے! پھر عقل کی خشک ہیزمی رائے میں اعصابی ہیجان ہاں میں ہاں ملا کر نرمی اور گرمی شامل کردیتا۔مرد ایسا مرد جس کے قوائے عقلی و ذہنی درست ہوں، جس کی تندرستی ٹھیک ہو اور جس کو کوئی جسمانی بیماری نہ ہو، تاہل کی زندگی کے لیے فطرتاً مجبور ہے۔یہی فطرت میری عقل کے ساتھ تھی۔دل کہتا صابرہ کی سی شریف غیور اور باحیا خاتون کی یاد مجھ میں اب تک بس رہی ہے اس میں کسی دوسرے کی شرکت نہیں چاہتا، اس گھر میں کسی دوسرے کو جگہ نہیں مل سکتی۔جسم کہتا میں ایک خیال اور ایک تصویر کے لیے اپنے کو کب تک مارتا رہوں؟ پھر یہ امر تو عقل کے بھی خلاف ہے اور فطرت کے بھی۔" اس بحث میں بوالہوسی بھی آکر شریک ہو جاتی اور اپنے مقصدِ خاص کے حصول کے لیے اور 'شیوۂ اہلِ نظر' کی شکست کی غرض سے یہ بہانہ پیش کرتی کہ صابرہ تو خود ہی اس پر مصر ہے کہ برہمچاریہ کا بھرم ٹوٹے اور وہ بھی کن الفاظ میں بخدا و رسول کا واسطہ! اپنے سر عزیز کی قسم!

غرض رات دن میرا سینہ دیوانی کچہری تھا، جہاں دو مختلف الخیال وکیلوں کی جرح اور بحث بڑی گھما گھمی سے جاری رہتی اور مَیں ایک جج کی طرح سب کچھ سننے کے لیے مجبور تھا!

مَیں نے چوتھے دن اس خانگی جنگ سے عاجز آکر صابرہ کے خط کے جواب میں لکھ بھیجا:

"نہ فراموش ہونے والی صابرہ! تمھارا خط ملا میں تمھیں اس کے جواب میں کیا لکھوں؟" زہر دے اس پر یہ تاکید کہ پینا ہوگا! میں تمھارا صید، تمھارا گرفتار، تمھارا غلام! تم مجھے اپنا بنا کے رکھو، کسی دوسرے کو تحفۂ دے دو یا ہمیشہ کے لیے گلا گھونٹ دو! تم مالک و مختار ہو نہ اپنے قبضۂ قدرت میں ہوں، نہ مجھ میں فیصلہ کرنے کی اور نہ عزم و ارادہ کی صلاحیت ہے! بس اتنا

جانتا ہوں کہ قفس یا قید خانے کے بدلنے سے میں نہیں بدل سکتا! میں تمھارا ہوں اور تمھارا ہی رہوں گا!''

دوسرے ہی دن جواب آیا۔ ''بہت خوب میں اپنے ہی اختیارِ تیزی سے کام لوں گی۔ اور آپ کا گھر بسا کے دم لوں گی۔ اب آپ کو اپیل کا اختیار نہیں!''

اس کے بعد ایک ہفتہ تک کوئی خط نہیں آیا۔ پھر ایک پرزہ ملا۔

''نواب...کی صاحبزادی میری دیکھی بھالی ہیں۔ حسین سلیقہ شعار پڑھی لکھی اور نیک چلن۔ مَیں نے ان سے بات طے کردی ہے۔ شاید اُدھر کے لوگ آپ سے کسی دن ملنے آئیں۔ خدا کے لیے کوئی ایسی بات نہ کہہ دیجیے گا کہ ان لوگوں کو ناگوار ہو اور میری سبکی ہو!''

بہر حال وہ حضرات آئے، گفتگو ہوئی اور پسند کا اظہار ڈھکے پردوں فرما کر میرا فوٹو لے گئے۔ مَیں نے اپنے ایک دوست جاوید صاحب کو تاریخ و ساعت کا دن اور وقت کا تقرر اور تمام انتظامات کا اہتمام سپرد کیا اور خود ایک کمیشن کے سلسلے میں دو ہفتے کے لیے کلکتہ چلا گیا۔

کلکتہ کی سیر و تفریح میں بہت کچھ دل بہل گیا تھا اور ہونے والی شادی کا خیال وہاں کے مختلف اسٹوڈیوں کے دیکھنے کے سلسلے میں ذہن میں دُھندلا سا رہ گیا تھا کہ دفعتاً میاں جاوید کا خط ملا۔ لکھا تھا کہ 'عقد کی تاریخ مقرر کردی گئی ہے اور اب صرف بیس دن باقی رہ گئے ہیں اس لیے تمھیں جلد سے جلد واپس آنا چاہیے۔ نیز اپنے ہمراہ وہ تمام چیزیں لیتے آنا جو فہرست منسلکہ میں درج ہیں۔''

جی تو چاہتا تھا کہ میں اس مہمل خط کو 'ورق بے معنی' کہہ کر دریائے گنگ میں غرق کردوں، لیکن صابرہ سے زبان ہار چکا تھا اور بوالہوسی اور جسمانی لذات کی خواہش مارِ آستین بنی موجود تھی۔ اُس نے پھر سبز باغ دکھانا شروع کیا اور میں جاوید کے احکام کی تعمیل پر مجبور ہو گیا۔

تین چار دن بعد جب میں ایک اچھی خاصی دُکان کھولنے کا سامان ساتھ لے کر لکھنؤ واپس آیا، تو جاوید اسٹیشن پر موجود ملے۔ انھوں نے مجھے بتایا کہ شادی کی تاریخ محض اس لیے بڑھا دینا پڑی کہ لڑکی والوں میں سے کسی عزیز قریب کا دفعتاً انتقال ہو گیا اور اب جب تک کہ ان کی برسی نہ ہو جائے شادی نہیں ہو سکتی۔ میں نے ذرا اطمینان کی سانس لی اور گھر پہنچ کر میاں جاوید تو اپنی فرمائشات کی فہرست سے خرید شدہ تحائف ملاتے رہے اور مَیں اس تھکے ہوئے

مزدور کی طرح جو بارِ گراں منزلِ مقصود تک پہنچانے کے بعد سبکدوش ہو جاتا ہے، پڑ کے سو رہا۔ قریب شام جب میں سو کے اُٹھا تو جاوید گھر جا چکے تھے۔ منشی جی بھی نہیں آئے تھے اس لیے میں دیر تک حمام میں بیٹھا نہایا کیا۔

اس دیر کی وجہ یہ نہیں تھی کہ مجھے نہانے میں خاص لطف آ رہا تھا، بلکہ حمام میں پہنچتے ہی مجھے اپنا وہ نہانا یاد آ گیا جو مجھے عشق کی ابتدائی منزلوں میں بارہ بنکی کے سفر کے بعد پیش آیا تھا۔ اور پھر آٹھ برس پہلے والی صورت دماغ نے نظروں کے سامنے پیش کر دی اور پھر وہی ربودگی، وہی بدحواسی پیدا ہو چلی تھی کہ یہ خیال آیا کہ ہونے والی سسرال میں موت، صابرہ کو خط لکھنے کی نوید لے کر آئی۔ مَیں نے اس آٹھ برس کے عرصے میں نہ تو صابرہ کے میاں سے ملنے کی کوشش کی تھی اور نہ خود کبھی خط لکھنے میں سبقت کی تھی، لیکن آج بہانہ ہاتھ آ گیا تھا۔ اس حادثے کے متعلق مزید تفصیلات جاننے کی کوشش نہ کرنا خلافِ انسانیت و مروّت ہوتا۔ اس لیے مَیں نے جلدی جلدی جسم خشک کر کے کپڑے پہنے اور صابرہ کو خط لکھنے بیٹھ گیا۔ پورا خط مجھے یاد نہیں، لیکن بعض حصے اب بھی حافظے میں محفوظ ہیں۔ مَیں نے کلکتہ سے واپسی کی خبر دینے اور اس کی خوشی کے لیے اپنے کو شادی کی دیوی پر بھینٹ چڑھا دینے کا تازہ وعدہ کرنے کے بعد اس حادثے کی نوعیت کے متعلق اطلاع چاہی تھی اور پھر ایک بار لجاجت سے لکھا تھا:

''صبر آزما صابرہ! یہ یاد رکھو کہ یہ رشتہ میں نے تمھارے حکم سے منظور کیا ہے۔ لیکن یہ میری محبت کا تم سخت تریں امتحان لے رہی ہو۔ تم کہہ سکتی ہو کہ:

بت سامنے رکھ لینا اور یادِ خدا کرنا!

مگر دیوی یہ مجسّمے اس کے لیے بنائے جاتے ہیں جو جسم و جسمانیات سے منزل ہے نہ کہ اس کی عوض جو حسن مجسم ہو! تمھارے پرستار کے لیے پتھر کی دیوی میں دل پھونکنے والی گرمی کہاں؟ تم کہو گی وہ پتھر کی نہیں، انسان ہے، جوان ہے! مجھے یہ تسلیم ہے، پہلو ضرور گرم ہو گا، میں کوئی راہب نہیں! لیکن... میری صابرہ سمجھنے کی کوشش کرو کیا تم تاہل کی زندگی میں مجھے بھول سکیں؟ اپنے دل پر ہاتھ رکھ کے جواب دو۔ کیا کسی خیالی تصویر کو دل سے لگائے بیٹھے رہنا اس حالت میں بھی اتنا ہی آسان ہے؟ تم کہو گی میں عورت ذات ہو کر یہ مراحل جھیل رہی ہوں، تم مرد ہو کر اس مصیبت سے کیوں ڈرتے ہو؟ میں کہوں گا کہ یہ تو مقتضائے دوستی نہیں کہ کہا جائے

کہ ''ہم تو ڈوبے ہیں مگر یار کو لے ڈوبیں گے!'' تم ایک شریف بے بس خاتون تھیں اور میں ایک آزاد و خود مختار مرد ہوں۔ تمھیں زبردستی بیڑیاں پہنائی گئیں۔ تم چاہتی ہو میں خوشی خوشی خود سے پہن لوں۔ للّٰہ اب سے اپنے بندہ پر رحم کرو! جب سے میں نے اس حادثے کی خبر سنی ہے۔ ''فرصت کے رات دن'' کے شیریں خواب پھر دیکھنے لگا ہوں۔ کاش یہ خواب تمھارے ہاتھوں شرمندۂ تعبیر نہ بنتا۔

غرض مختلف پیرایوں میں بہت سی خوشامد اور لجاجت لکھ کر لفافہ بند کیا، مہر لگائی اور اپنے سب سے معتمد آدمی کو بلا کر حوالہ کیا، نواب صاحب کی حویلی کا پتہ بتایا اور تاکید کر دی کہ سوائے رسولن ماما کے جو میرے اور صابرہ کے خطوط لایا لے جایا کرتی تھی کسی دوسرے کو خط نہ دے۔ کوئی دو گھنٹہ بعد صابرہ کا جواب آیا۔ میرے ہی خط پر لکھا تھا۔

''رشید صاحب! آپ کی شادی مجھ ہی مانگ اُجڑی کی وجہ سے رُک گئی، آج پانچواں دن ہے کہ میرا بچہ یتیم ہو گیا۔''

اس خبر کا مجھ پر جو اثر ہوا اس کا تجزیہ مشکل ہے۔ میں کبھی روتا تھا اور کبھی ہنستا تھا۔ روتا اِس لیے تھا کہ صابرہ نے میرا گھر بسانے کی کوشش کی اور اس کا گھر خود اُجڑ گیا۔ ایک رنجور و مہجور انسان میں اپنے کو خاص طور سے قسمت کا ستایا سمجھ لینے کی صلاحیت پیدا ہو جاتی ہے وہ یہ بہت آسانی سے یقین کر لیتا ہے کہ اس کے دوست احباب پر بھی جو مصائب آتے ہیں ان سب کا باعث وہی ہے۔ مَیں نے اپنے کو بہت دِنوں سے قسمت کا ستایا سمجھ رکھا تھا۔ اس لیے صابرہ کے اس نئے غم کا سبب بھی اپنے ہی کو مان لینا بہت ہی معمولی سی بات تھی، مَیں ان مصائب و تکالیف سے اچھی طرح واقف تھا جو ایک ہندوستانی بیوہ کو آئے دن برداشت کرنا پڑتی ہیں۔ میں اس کو خوب جانتا تھا کہ ہمارے اس ملک میں بیوہ کے معنی بعض موقعوں پر بالکل اچھوت کے ہیں۔ یہی نہیں کہ اس سہاگ چھن جاتا ہے اور وہ دنیاوی جنگ کے لیے بالکل یکہ و تنہا رہ جاتی ہے، بلکہ اس کے لیے اس طرح کے آلام و مصائب فراہم کر دیئے جاتے ہیں جو دیگر ممالک کے باشندوں کے خواب و خیال میں بھی نہیں آ سکتے، دولہا کا ہر عزیز اسے بھَکن پیری، منحوس اور قاتلہ سمجھنے لگتا ہے اور اپنی اپنی ذہنیت اور صلاحیت کے مطابق اس کے لیے سزائیں تجویز کرتا ہے۔ صابرہ واقعی اسم بامسمّٰی تھی۔ اس کا تحمل اس کی بردباری اس کا استقلال بے

عدیل ونظیر تھا۔ لیکن پھر بھی میاں کا سہارا اُٹھ جانے اور ایک باعصمت پردہ دار خاتون ہونے کی وجہ سے اس پر کوہِ الم ٹوٹ پڑا تھا۔ میرا بس نہیں چلتا تھا کہ میں کس طرح اس کے پاس پہنچ کے اسے تسکین دوں، اس لیے اپنی اور اس کی بے بسی پر دل کڑھتا اور آنسو اُمڈے آتے تھے۔

ساتھ ہی ہنسی بھی آتی تھی اور وہ اس بات پر کہ بی صابرہ خوشیاں منانے اور مجھے دولہا بنانے چلی تھیں۔ گویا اس صنفی لطافت ونزاکت کے باوجود آپ نے میرے لیے قسامِ ازل اور کاتبِ تقدیر سے مقابلہ کرنے کا ارادہ کیا تھا! ایک پری چہرہ کے دستِ سیمیں اور مقدر کا فولادی پنجہ! پھر اس خیال پر بھی ہنسی آتی تھی کہ جہاں تک اس ہونے والے رشتہ کا تعلق تھا، مجھے اس کے ٹل جانے سے خوشی تھی، مگر اُدھر دوسری جانب خدا جانے کیا کیا چہ میگوئیاں ہوں گی اور بہت ممکن ہے کہ وہ ناکردہ کار، جو میرے سر منڈھی جانے والی تھی، اپنے دل میں گھٹتی اور کڑھتی ہو۔ اِدھر اس مخمصے سے چھوٹنے پر اطمینان وامتنان کے جذبات اُدھر اس نئی رکاوٹ کے باعث ایک مستِ شباب حسینہ کے چہرے پر غم کے آثار!

میں سچ عرض کرتا ہوں کہ میرے دل میں سوائے ان جذبات کے اس وقت تک کوئی اور خیال نہ آیا تھا۔ لیکن شام کو جب جاوید آئے اور اُن سے گفتگو ہونے لگی تو انھوں نے ایک ایسا فقرہ کہہ دیا کہ جس سے میرے خیالات میں ایک انقلابِ عظیم پیدا ہوگیا۔ جاوید میری اور صابرہ کی حالت پر افسوس کرتے رہے۔ اس کے بعد کچھ دیر چپ رہے۔ پھر یکبارگی مسکرا کر بول اُٹھے۔ ''ارے یار رشید، تم بھی عجیب سودائی ہو۔ اب تو میدان صاف ہے، صابرہ بیگم تو اب تمھاری ہیں!''

مجھے ایسا محسوس ہوا کہ جیسے جاوید نے میرے قلب پر اچانک خنجر کا وار کر دیا ہو۔ میری اور صابرہ کی محبت ایسی نہ تھی کہ میں اس کی مصیبت کے وقت ان لغویات پر غور کر سکتا۔ مَیں نے اسی لیے جاوید کو بہت ہی تیکھے تیوروں سے دیکھ کر کہا۔ ''جب تمھیں شریفوں کے احساسات و جذبات کا علم نہیں ہے، تو تم خاموش ہی رہنے کی کوشش کیوں نہیں کیا کرتے؟ جو مہمل بات منہ میں آئی کہہ گزرے!''

وہ کچھ شرمندہ و منفعل ہو کر اپنی صفائی میں بحث کرنے کے لیے تیار ہوئے۔ مَیں نے ذرا ڈانٹ کر کہا۔ ''بہتر ہے کہ آپ اس وقت خاموش ہی رہیں اور نہ ممکن ہے کہ آپ پھر کوئی

ایسی بے تکی بات کہہ دیں کہ میرے لیے اور بھی باعثِ آزار و تکلیف ہو۔"

انھوں نے آزردہ ہو کر مجھے دیکھا اور اُٹھ کر گھر چلے گئے۔ تھوڑی دیر تو مَیں اُن کو چپکے چپکے خوب بُرا بھلا کہا کیا۔ پھر بدطینتی اور خود غرضی نے آہستہ آہستہ ان کی وکالت شروع کی۔ میں نے گھبرا کر ٹہلنا شروع کر دیا۔ اب میں لاکھ لاکھ لمبے لمبے ڈگ لگاتا اور سگریٹ پر سگریٹ پیتا ہوں مگر دماغ میں وہی ایک فقرہ گونج رہا ہے۔"اب میدان صاف ہے، صابرہ بیگم اب تو تمھاری ہیں!"

شریف جذبات کہتے کہ اس طرح کا خیال بھی اس وقت دل میں لانا کمینہ پن ہے، وہ تو میاں کے سوگ میں بیٹھی ہے، اسے تو اپنی خوشیوں کے پامال ہونے کا رنج ہے اور اپنے بچے کی یتیمی کی اذیت اور تمھیں اپنی خود غرضی سے۔ ظاہر بظاہر نہ سہی، مگر خفیہ طور پر مسرّت ہے۔ نہ تو اس کی تکلیف کا خیال اور نہ اس کا دھیان کہ تم اسے کس طرح تسکین دے سکتے ہو، بس اپنے حلوے مانڈے کی فکر!

رذیل جذبات کہتے...... آٹھ برس تک بیٹھے رہے، زندگی برباد کی، اب جب امید کی جھلک دکھائی دی تو خوش نہ ہونا اپنے کو فرشتہ ثابت کرنے کی کوشش کرنا ہے۔ اب اس ستارۂ امید کو بھی زبردستی اگنی بیتال سمجھ کر اس سے گریز کرنا شرافت و غیرت نہیں، بلکہ خودکشی ہے اور نفس کا صریحی خون ہے۔ یہی کرنا تھا تو دنیاوی زندگی کی جہد للبقا میں حصّہ ہی کیوں لیا۔ راہب بن گئے ہوتے، اپنی شخصیت ہی مٹا ڈالی ہوتی، اپنے کو اِس طرح فنا کر دیا ہوتا کہ بجائے رشید کے 'صابرہ' ہو گئے ہوتے!"

یہ طعن و تشنیع، وار اور ردحملہ اور دفع، میرے سینے کے اندر برابر جاری رہے۔ مَیں نے بڑی مشکلوں سے اس جنگِ زرگری کو بند کیا اور صابرہ کو حسبِ ذیل تعزیت کا خط لکھا:

"میں تمھیں کس منہ سے تسکین دوں۔ نہ میں تمھارے گرد و پیش کے لوگوں سے واقف اور نہ ان واقعات کا مجھے علم جو تمھیں اس وقت پیش آ رہے ہوں گے۔ بے بس ہوں ورنہ تم تک کسی طرح پہنچتا اور اپنا خون بہاتا، مگر تمھاری نرگسی آنکھوں سے آنسو نہ نکلنے دیتا لیکن اگر کسی قسم کا کام ہو تو خدارا اپنے غلام کو نہ بھولنا۔ اس وقت یہ نہ سوچو کہ میں کیا ہوں؟ کون ہوں؟ بس اتنی سی بات یاد رکھو کہ خداوندِ عالم نے تمھاری خدمت کے لیے ایک مشین نما انسان بنا دیا ہے جو

تمھاری خوشی کے سامنے دنیا میں کسی اُمر کی پروانہیں کرتا۔ خدا ہی تمھیں صبر دے۔ یہ غم عورت کے لیے سب سے زیادہ سخت ہوتا ہے۔ خدا تمھارے بچے کو اپنی حفاظت و امانت میں رکھے۔ وہ ابھی اس نعمت کی قدر کیا جانے جو اس سے چھین لی گئی ہے۔ تمھیں کو اب باپ اور ماں دونوں کے فرائض ادا کرنے ہیں۔ میں تمھارے احکام کا ہر وقت منتظر رہوں گا۔''

صابرہ نے اس خط کا تو کوئی جواب نہیں دیا لیکن دسواں بیسواں چہلم وغیرہ جو نواب صاحب مرحوم کے لیے کیا گیا، اُن سب کی مجھے باقاعدہ اطلاع دی گئی اور میں ہر ایک رسم میں برابر شریک ہوا۔ اس آمد و رفت میں وہاں کے آدمیوں اور داروغہ وغیرہ سے ملاقات ہوگئی۔ اور مجھے یہ معلوم کر کے خوشی ہوئی کہ نواب صاحب کا پان سو کا وثیقہ تھا اور شہر میں چند مکانات بھی تھے، جن سے خاصا کرایہ آتا تھا۔ جس مکان میں صابرہ مقیم تھی، وہ پرانے محلوں کی شان کا تھا، مردانہ اور زنانہ حصّہ علیحدہ علیحدہ، کافی وسیع اور کشادہ تھا۔ لیکن چونکہ نواب صاحب کے بڑے بھائی اب تک بقیدِ حیات تھے، اس لیے یہ مکان دو حصّوں میں منقسم تھا۔ ایک میں اُن کے عیال رہتے تھے اور دوسرے میں صابرہ بیگم اور اُن کا بچّہ۔

چہلم کے بعد عدّت کی مدت تک صابرہ کی والدہ بیٹی کے ساتھ مقیم رہیں لیکن جیسے ہی یہ مدت ختم ہوئی اسے اپنے ہمراہ لے کر اپنے گھر چلی آئیں۔ یہاں آنے پر صابرہ نے رسولن کے ذریعہ میرے پاس کہلایا کہ مجھے اس کے چچا سے مل کر تمام واقعات معلوم کر لینا چاہئیں۔ اور وثیقہ و مکان کا داخل خارج بچے کے نام کرا دینا چاہیے۔ نیز اس کی ولدیت کے متعلق ساری قانونی کارروائی کر ڈالنا چاہیے۔ مَیں نے صابرہ کے میکے میں آنا جانا شروع کیا۔ دو ایک بار تو صابرہ کے چچا 'بڑے صاحب' کا درمیان رہا پھر براہِ راست صابرہ کے ہاں تمام قضیہ مَیں نے کہلانا شروع کیا۔ اُدھر صابرہ کی سسرال والوں نے طرح طرح کے اُلجھاوے ڈالنا شروع کیے، بالآخر مقدمہ بازی تک نوبت آئی۔ مَیں بحمدہٖ اس اُمر میں کامیاب رہا۔ مَیں نے نواب صاحب کا وثیقہ اور تمام املاک صابرہ کے بچّے کے لیے بچالی اور صابرہ کو باقاعدہ اس کی ولیہ عدالت سے تسلیم کرالیا۔

ان تمام معاملات کے سلجھانے میں تقریباً ایک سال کا عرصہ لگا۔ میری ہونے والی سسرال والے چونکہ صابرہ کے فریق مخالف کے ہمدردوں میں تھے، اس لیے مجھے اُن کے ہاں

رشتہ سے انکار کرنے میں زیادہ وقت پیش نہیں آئی۔ اس کی اپیل اگر ہوسکتی تھی تو صابرہ ہی کے ہاں لیکن اب وہاں تک ان لوگوں کی رسائی نہ تھی۔

ہمارے نجی معاملات اتنے ترقی پذیر ہو گئے تھے کہ زنانے اور مردانے حصے میں جو ٹیلی فون تھا۔ مجھے اس پر حاضر ہو کر ہفتے مقدمات کے سلسلے میں، صابرہ سے گفتگو کرنا پڑتی تھی۔ جس دن تک صاحبِ جج کی عدالت سے مقدمات کا آخری اور قطعی فیصلہ نہیں ہو گیا۔ مَیں نے کوئی بات سوائے قانون، گواہ اور مقدمے کے نہیں کی۔ مَیں ایک وکیل تھا اور صابرہ موکلہ لیکن... جب مَیں نے صاحبِ جج کی زبان سے فیصلہ اپنے موافق سنا۔ تو مَیں کچہری کے سارے کام چھوڑ کر سیدھا صابرہ کے مکان پہنچا، ٹیلیفون کی گھنٹی بجائی اور صابرہ کے 'ہلو' کہنے پر مبارکباد دی۔ وہ اپنے بچے کے حقوق کے محفوظ ہو جانے پر اس قدر خوش ہوئی کہ رونے لگی اور بھرّائی ہوئی آواز میں رُک رُک کے بولی۔

''رشید صاحب آپ نے مجھ پر اور میرے بچے پر وہ احسانات کیے ہیں کہ ان کا شکریہ لفظوں میں ادا نہیں ہو سکتا۔''

میں نے کہا۔''صابرہ غلاموں کا شکریہ ادا نہیں کرتے۔''

وہ بے ساختہ بول اُٹھی ''وکیل صاحب میں تو خود کو آپ کی کنیز سمجھتی ہوں، آپ میرے محسن ہیں، میرے بچّے کے محسن ہیں! للّٰہ اب غلام کا لفظ کبھی اپنے نام کے ساتھ نہ استعمال کیجیے گا۔ مجھے حد درجہ تکلیف ہوتی ہے۔''

مَیں نے کہا۔''بہت خوب، لیکن پھر تم بھی کبھی شکریہ کا لفظ میرے بارے میں نہ نکالنا۔ اس سے بوئے غیریت آتی ہے۔ میں نے جو کچھ کیا وہ میرا فرض تھا۔ میرا قانون پڑھنا اب جا کے مکمل ہوا۔''

صابرہ نے کہا۔''یہ آپ کی نیکی و شرافت ہے۔''

میں نے کہا:''جی نہیں یہ میری خود غرضی و نفسیات ہے۔''

صابرہ کے لب و لہجہ سے استعجاب کا پتہ چلتا تھا۔ اس نے پوچھا۔''یہ کیونکر؟''

مَیں نے کہا:''خود غرضی کا یہی تو تقاضا ہوتا ہے کہ جو کام کیا جائے وہ اس غرض سے کہ اس سے اپنی مصیبتیں گھٹیں، اپنی فکریں کم ہوں، اپنا دردِ دل زائل ہو، اپنے کو خوشی حاصل اور

اپنے قلب کو اطمینان وسکون حاصل ہو! مَیں نے بھی یہی کیا ہے اور صرف یہی! جس کام سے تمھاری تکلیفوں میں کمی ہو سکے، جس سے تمھارے آلام دُور ہوں، جس سے تمھاری راحت میں اضافہ ہو، وہ میرے لیے سب سے زیادہ موجب انبساط ومسرّت ہے اس لیے مَیں نے جو کچھ اِس معاملے میں کیا وہ محض اپنی ہی تکلیفوں کے کم کرنے کے لیے اور اپنی ہی مسرّتوں میں اضافہ کی غرض سے۔ یہ اگر خود غرضی نہیں تو اور کیا ہے؟ اس میں کسی پر احسان کیسا اور مفت مفت کے شکریہ کی کہاں گنجائش؟''

صابرہ دیر تک خاموش رہی۔ پھر رُک رُک کے بولی۔ ''تو پھر... اتنی محبت... اتنے ایثار کا... کچھ تو عرض میری طرف سے بھی ہونا چاہیے!''

مَیں نے کہا: ''اگر معاوضہ ہی لینا ہے تو پھر منہ مانگا ہی لوں گا۔''

صابرہ نے کچھ گھبرا کے ڈر کے پوچھا۔ ''وہ کیا ہے؟''

میں نے بہت ہی بیتابی سے کہا۔ ''کیا آج آٹھ برس کی پرستش کے بعد بھی پوچھنے کی ضرورت ہے؟ تم اور صرف تم!''

تھوڑی دیر سکوت رہا۔ پھر صابرہ آہستہ آہستہ بولی۔ ''اگر آپ کی جگہ کسی دوسرے نے یہ بات کہی ہوتی تو شاید مَیں اس سے زندگی بھر کے لیے خفا ہو جاتی۔''

مَیں نے عرض کیا۔ ''آخر اس خفگی کا نتیجہ کیا ہوتا؟ زائد سے زائد یہی کہ اِس سے زندگی بھر نہ ملتیں، اپنے حضور میں آنے کی اجازت نہ دیتیں۔ تو غلام باادب عرض کرے گا کہ خوشنودی کی حالت میں بھی تو اس پر یہ عتاب ہے۔ آخر خفگی وخوشی میں کیا فرق ہے؟''

پھر تھوڑی دیر سکوت رہا۔ اس کے بعد جواب ملا۔ ''اور یہ جو آپ سے باتیں کر رہی ہوں اور...''

جب وہ کہتے کہتے رُک گئی تو میں نے جواب دیا۔ ''میں اس کا شکریہ ادا کرتا ہوں لیکن شاید اتنا تو ہر موکلہ کو اپنے وکیل سے کرنا ہی پڑتا۔''

صابرہ نے پوچھا۔ ''اسی خلوص سے؟''

میں نے کہا: ''جی ہاں، ورنہ خلوص سے کام بھی نہ ہوتا!''

صابرہ خاموش ہوگئی۔ مَیں نے کہا۔ ''صابرہ مجھ سے اِس طرح کی باتیں کرنے کا نتیجہ!

تم جانتی ہو کہ مجھے دنیا میں صرف ایک چیز کی خواہش ہے اور وہ تمھاری ذات ہے۔ مجھے نہ دولت کی ضرورت ہے، نہ عزّت کی، نہ وجاہت کی، میرے لیے ساری کائنات سمٹ کر صرف ایک ذات میں محدود ہوگئی ہے۔ مجھے اگر وہ ذات نہ ملی تو میرے لیے زندگی ایک مستقل عذاب ہے۔اوراس کے بعد کی زندگی کے لیے نہ مجھے جہنم کا ڈر اور نہ جنت کی پروا!''

صابرہ نے بات کاٹ کر کہا: ''رشید صاحب میں نے مانا آپ کو میری وجہ سے بڑی اذیتیں ہوئیں مگر اس کے معنی یہ تو نہیں ہیں کہ آپ دین وایمان سب بھول کر جہنم و جنت سب سے انکار کر کے کفر بکنے لگیں!''

میں نے غصّہ میں کہا۔ ''بیگم صاحبہ میں نے خدا اور رسول والی ہی بات کہی تھی جو آپ اس قدر برہم ہوگئیں کہ زندگی بھر کے لیے ناخوش ہونے کو تیار تھیں۔کیا خدا نے بیوہ سے عقد کا حکم نہیں دیا؟ کیا رسول اللہ نے خود اس پر عمل کر کے نہیں دکھایا ہے؟ لیکن آپ نے اسے گالی کے مترادف سمجھا۔سوائے ہندوستان کے کسی ملک میں اسے نہ معیوب سمجھتے ہیں اور نہ خلاف عقل وشرع...''

صابرہ نے پھر بات کاٹ کے پوچھا۔ ''اور ہم لوگ اس وقت ہیں کہاں؟ ہندوستان میں یا کسی اور ملک میں؟''

مَیں نے کہا: ''جی ہاں ہندوستان ہی میں ہیں۔لیکن اب ہندوستان کے باشندے بھی نہ اسے معیوب سمجھتے ہیں اور نہ قابلِ مضحکہ، ہندوؤں نے یہ مذموم خیال اپنے دل سے نکال ڈالا۔اب ان کے ہاں قابلِ شادی بیوائیں بٹھائی نہیں جاتی اور نہ ان کے سر مونڈے جاتے ہیں!''

صابرہ نے کہا۔ ''لیکن قابلِ شادی نا؟ یہاں قابلِ شادی کون ہے؟ جس کا کافی سن آچکا ہو، ایک بچہ کی ماں ہو چکی ہو اور اپنے میں بڑھاپے کے تمام آثار پاتی ہو، وہ قابلِ شادی کیونکر ہوسکتی ہے؟''

مَیں نے کہا: ''صابرہ خدا کے لیے ہارے ہوئے حریف کی طرح جھوٹ بولنے پر نہ اُتر آؤ۔تم اپنے سن وسال کے متعلق اُس شخص سے گفتگو کر رہی ہو جو ایک سال سے تمھارا وکیل ہے اور آٹھ برس سے... تمھارا عاشق ہے۔کیا مجھے اتنا بھی حساب نہیں آتا کہ میں پندرہ میں آٹھ

جوڑلوں اور اپنی عمر میں بھی اتنی ہی برسوں کا اضافہ کرلوں؟ اگر تم تیس برس کی ہوئیں تو میں بھی تیس برس کا، پھر شادی سے اور سن سے کیا تعلق؟ میری اور تمھاری محبت بھی بوالہوسی اور حیوانیت پر مبنی ہے کہ ہمارے عقد میں بھی جسمانی حیثیات و کیفیات کا لحاظ کیا جائے؟ صابرہ بیگم یہ جسم کی نہیں روح کی پیاس ہے! اسے سوائے تمھارے سارے عالم کے دریاؤں کا پانی، یہاں تک کہ کوثر و تسنیم کا آبِ شیریں بھی نہیں بجھا سکتا!"

صابرہ نے کہا: "لیکن وہ چشمہ جس سے آپ سیراب ہونا چاہتے ہیں اب خشک ہو گیا!"

مَیں نے خوفزدہ آواز میں دریافت کیا: "کیا اس کے یہ معنی ہیں کہ آپ کو مجھ سے محبت نہیں رہی؟"

صابرہ نے کہا۔ "مَیں نے شاید مثال دینے میں غلطی کی۔ چشمہ خشک نہیں ہوا ہے۔ بلکہ وہ اس قدر گندہ کر دیا گیا ہے کہ وہ اب آپ کی پیاس بجھانے کے قابل نہیں رہا۔"

میں نے پوچھا۔ "یعنی؟"

وہ بولی۔ "یعنی یہ کہ میری محبت اس کی اجازت نہیں دیتی کہ میں کسی اور کی بیوی بننے کے بعد آپ کی بنوں۔"

میں نے پوچھا۔ "یہ محبت کس کی، جس کی بیوی تھیں یا میری؟"

وہ بھرآئی ہوئی آواز میں بولی۔ "آپ کی!"

میں نے کہا: "یہ اظہارِ محبت کا بالکل ہی انوکھا طریقہ ہے کہ چونکہ تمھیں مجھ سے محبت ہے۔ اس لیے میں ہمیشہ کے لیے محروم بنا دیا جاؤں۔"

صابرہ نے کہا: "جی نہیں یہ آپ کو ایک طرح کی خودکشی سے بچانا ہے..."

صابرہ یہیں تک کہنے پائی تھی کہ ایک معظمہ کے بولنے کی آواز سنائی دی۔ وہ غالباً ادھر متوجہ ہوئی اس لیے کہ کسی نے پوچھا۔ "کون ہے بیٹا۔ وکیل صاحب؟"

صابرہ نے کہا: "جی ہاں" انھوں نے کہا۔ "میری طرف سے اُن کو دُعا کہو۔"

میں ٹیلی فون سے سن رہا تھا۔ میں نے صابرہ کو پیغام کی زحمت سے بچایا اور خود اس سے تسلیم کرنے کو کہا اور مقدمہ جیتنے کی مبارکباد دی۔ وہ خود ٹیلی فون لے کر دعائیں دے کے بولیں۔ "خدا آپ کو بھی مبارک کرے یہ سب آپ کا کیا دھرا ہے۔ آپ نے میرے یتیم بچے

کے سر پر ہاتھ رکھا اور اسے محتاجی اور غریبی سے بچالیا، خدا آپ کو اُجر دے گا۔ ہم غریب دُکھیاریوں کے پاس کیا ہے جو ہم اس کا بدلہ ادا کرسکیں۔ مگر مَیں اتنا ضرور کہوں گی کہ اگر صابرہ اور اس کا لڑکا شریف ہیں، تو دونوں یہ احسان کسی وقت نہ بھولیں گے اور جان و مال عزت و آبرو کسی چیز سے آپ کے معاملے میں دریغ نہ کریں گے۔''

میں نے عرض کیا۔ ''یہ آپ کیا فرماتی ہیں۔ یہ تو میرا فرض تھا۔''

''وہ بولیں۔ ''میاں یہ تمھاری شرافت ہے کہ تم ایسا کہتے ہو، مجھے تو جہاں تک معلوم ہے تمھیں شاید اب تک کوئی فیس بھی نہیں دی گئی ہے۔''

بظاہر معظمہ نے صابرہ سے اس کی تصدیق چاہی اس لیے کہ وہ کہتی ہوئی سنائی دی کہ ''امّی میں تو کہتے کہتے تھک گئی۔ اب آپ بھی ارشاد فرما کے دیکھ لیجیے۔''

معظمہ مجھ سے مخاطب ہوئیں۔ ''کیوں میاں یہ کیا سنتی ہوں کہ تم فیس نہیں لینا چاہتے؟''

مَیں نے حجاب و شرم کو بالائے طاق رکھ کر موقع سے فائدہ اٹھایا اور عرض کیا بیگم صاحبہ یہ کس نے کہا میں فیس نہیں لینا چاہتا۔ ''میں تو حضور خود مانگ رہا ہوں۔''

وہ بولیں: ''صابرہ کہتی ہے میں فیس دینا چاہتی ہوں وہ نہیں لیتے۔''

مَیں نے عرض کیا۔ ''جی ان کا بھی فرمانا ایک حد تک صحیح ہے اور جو کچھ میں نے عرض کیا وہ بھی صحیح ہے۔''

وہ بولیں: ''بھئی! میں نے یہ پہیلی نہیں بوجھی۔ وہ بھی سچی آپ بھی سچے۔ وہ کہتی ہے آپ فیس نہیں لیتے، آپ کہتے ہیں میں مانگ رہا ہوں وہ نہیں دیتیں۔ آخر معمہ کیا ہے؟''

مَیں نے ڈرتے ڈرتے عرض کیا۔ ''بیگم صاحبہ آپ نے ابھی اپنی عزت افزائی اور بندہ نوازی سے یہ فرمایا تھا کہ تو نے وہ کام کیا ہے کہ صابرہ بیگم اور اُن کے صاحبزادے کو چاہیے کہ وہ تیرے لیے جان و مال عزت و آبرو تک دریغ نہ کریں۔

وہ فرمانے لگیں۔ ''میں تو اب بھی کہتی ہوں کہ اگر یہ لوگ ایسا نہ کریں تو شریف نہیں جس شخص نے ایک سال سے اپنا خون پانی ایک کر دیا ہو۔ اپنے پیشہ کا کام ان کے پیچھے خراب کر دیا ہو، دنیا بھر سے ان کے کارن دشمنی مول لی ہو، جس نے ویسی ہمدردی کی ہو جیسی سگا باپ اور حقیقی بھائی مشکل سے کرتا ہو، اس کا احسان بھول جانا کمینوں کا کام ہے شریفوں کا نہیں۔''

میں نے کہا: ''تو معظمہ اس طرح کے کام کی فیس تو صابرہ بیگم نہیں ادا کر سکتی ہیں، حضور ہی عطا فرما سکتی ہیں۔''

وہ بہت ہی سادگی سے بولیں۔ ''تو میاں تم بتاؤ تو سہی۔ آخر کیا فیس ہوئی؟ مَیں ہی ادا کروں گی۔ تم میرے ہاتھ سے لے لینا۔''

مَیں نے رُکتے رُکتے عرض کیا۔ ''تو حضور میں تو اپنی محنت کی فیس یہی سمجھتا ہوں کہ حضور مجھ اس کا حق عطا فرما دیں کہ میں تمام عمر اسی طرح آپ کی صاحبزادی اور آپ کے نواسے کی خدمتیں کرتا رہوں۔''

وہ بیچاری اس گھماؤ کی بات کو نہ سمجھیں۔ گھبرا کے بیٹی سے پوچھنے لگیں کہ ''وکیل صاحب کیا فیس مانگتے ہیں۔ ان کی بات میری سمجھ میں نہیں آئی۔''

وہ بولیں۔ ''امّی ٹیلی فون پر آپ سے انھوں نے کیا کہا مَیں اسے کیا جانوں آپ انھیں سے پوچھئے وہ خود ہی اپنا مطلب بتائیں گے۔''

جتنی دیر ماں بیٹی میں گفتگو ہوئی، اُتنی دیر مَیں میں نے جملہ ذہن میں ترتیب دے لیا تھا۔ اس لیے قبل اس کے کہ بیگم صاحبہ مجھ سے کچھ پوچھیں میں نے عرض کیا۔ ''جناب معظمہ نے میرا مطلب نہیں سمجھا میں یہ چاہتا ہوں کہ حضور اپنے اس غلام کو اپنی فرزندی میں لے لیں۔''

بیگم صاحبہ میرا یہ فقرہ سنتے ہی ساکت ہو گئیں۔ مجھے نہیں معلوم کہ اس سکوت کا باعثِ استعجاب تھا یا غصہ۔ البتہ میری یہ حالت تھی کہ پنکھے لگے تھے۔ دل بلیوں اُچھل رہا تھا۔ دیکھئے اتنے دنوں کی امیدوں پر پانی پھر جاتا ہے، یا سوکھے دھانوں پر پانی پڑتا ہے۔ ساری عمر کا اضطراب چند لمحوں میں آکے جمع ہو گیا تھا۔ تین بار پیشانی سے پسینہ پونچھا اور خشک ہونٹوں پر زبان پھرائی۔ شاید محشر کے دن قبل فیصلہ یہی کیفیت ہو گی! بارے مہر سکوت ٹوٹی بیگم صاحبہ آہستہ آہستہ بولیں۔

''میاں تم نے اِس وقت اچانک ایسی خواہش پیش کر دی جو خواب و خیال میں بھی نہیں آئی تھی۔ میں بڑے سوچ میں پڑ گئی کہ تمھیں کیا جواب دوں۔''

مَیں نے جلدی سے عرض کیا۔ ''حضور میں یہ نہیں چاہتا کہ مجھے اسی وقت جواب مل جائے۔ حضور میری ذات میرے خاندان کے متعلق دریافت فرما لیں۔ میرے چال چلن کی

تحقیق کرلیں۔"

وہ بولیں۔"نہیں میاں، تمھارے چال چلن، تمھاری شرافت اور نیکی سے کون واقف نہیں ہے۔ پھر پڑھے لکھے، دال روٹی سے خوش، اللہ رکھے تم ہی ہو، مجھے ان باتوں کی فکر نہیں۔ بلکہ سچی بات یہ ہے کہ اب صابرہ کنواری، بن بیاہی نہیں ہے، بیوہ، بچے والی ہے، اب اس کی خواہش و رضامندی ضروری ہے۔ ذرا اس کا عندیہ لے لوں اور دوسرے اعزا سے پوچھ گچھ لوں..."

میں نے کہا:"تو مجھے اس وقت اجازت دیجیے۔ پھر انشاء اللہ ضرورت ہوگی تو حاضر ہوں گا۔"

انھوں نے فرمایا:"اچھا خدا کو سونپا۔ سدھارو۔" مَیں نے تسلیم کی اور وہاں سے چلا آیا رات کو رسولن ایک خط لے کر آئی۔ صابرہ نے لکھا تھا۔

"یہ آخر آپ کی عقل کو کیا ہوگیا ہے کہ دوستی اور دشمنی کی باتوں میں فرق نہیں سمجھا جاتا اور اپنی دھن میں چھوٹے بڑے کی تمیز بھی کھو بیٹھے۔ امّی سے بھلا اس طرح کی خواہش کا کیا موقع تھا؟ وہ میرا بھلا دیکھیں گی یا آپ کا؟ میں آپ سے منت کرتی ہوں کہ اب سے اپنے خیال سے باز آیئے میں ڈھلتی ہوئی دُھوپ ہوں جس میں نہ آپ کو کوئی چمک دمک نظر آئے گی اور نہ کسی قسم کی گرمی محسوس ہوگی۔ میرے ہاں اچھی طرح خزاں آچکی ہے۔ آپ کے ابھی بہار کے دن ہیں۔ اپنی جوانی پر رحم کیجیے اور اس خیال بد کو دل سے نکال ڈالیے۔"

مَیں نے جواب میں لکھا:

"مجھے ڈھلتی ہوئی دُھوپ اور خزاں یافتہ بہار پسند ہے، خود میری محبت میں اتنی حدت ہے کہ وہ برودت کا سارا مخزن جلا سکتی ہے۔ میرے دل کی آگ تم کیا ہو، برف کی قاش میں بھی حرارت پیدا کرسکتی ہے! صابرہ بیگم صاحبہ! آپ میری ناصح و مشفق نہ بنیں بلکہ اس محبت کا مظاہر فرمائیں جس میں علیحدگی وجدائی کی جگہ اتحاد و اتصال کی خواہش کی جاتی ہے۔ مَیں صاف صاف عرض کیے دیتا ہوں کہ اگر اب بھی انکار کیا گیا تو مجھے اِس امر کا یقین آجائے گا کہ مَیں آج ہی نہیں بلکہ پورے آٹھ سال سے بیوقوف بنایا جارہا ہوں اور پژمردہ کلیوں کے تحفے سے جس اُمید کو ہر سال تازہ کیا تھا، وہ محض موہوم تھی۔ اس یقین کے بعد میرا کیا حال ہوگا اس کا

علم خدا ہی کو ہے ابھی تک تو خیال تھا کہ ''بریں زیستم و بریں بگزرم'' لیکن جب یہ امید بھی جاتی رہے تو میری حالت اس عمارت کی ہوگی جس کا ستون اچانک گرا دیا جائے اور جس کی بنیاد کھود کر پھینک دی جائے۔ للّٰہ اب زیادہ دل نہ دکھایئے:

رحم کر اپنی تمنا پر کہ کس مشکل میں ہے

اِس خط کا کوئی جواب نہ ملا۔ لیکن تیسرے دن بیگم صاحبہ کی مہری ان کا خط لے کر آئی لکھا تھا:

''جس رشتے کی خواہش کی گئی تھی وہ مجھے اور تمام اعزا کو دل و جان سے پسند ہے مگر صابرہ نہ سر سے کھیلتی ہے اور نہ منہ سے بولتی ہے۔ میری سمجھ میں نہیں آتا کہ میں کیا کروں۔''

مَیں نے مہری سے کہا کہ ''اچھا تم جاؤ مَیں جواب بھیج دوں گا اور صابرہ کو خط لکھا:

''بیگم صاحبہ کی رضامندی کا صحیفہ آ گیا لیکن آپ کے ہاں ابھی وہی ضد جاری ہے خیر میں نے بھی فیصلہ کر لیا ہے۔ آج آپ کے سارے پچھلے خطوط اور ہر سال کی پژمردہ کلیاں اسی لفافہ میں ارسال ہیں یا تو آپ ان کے عوض ایک تازہ پھول بھیج کر میری استدعا قبول فرمائیں گی یا پھر اپنے سکوت سے اِس اَمر کو واضح فرما دیں گی کہ میری زندگی کا سب سے بہتر و شیریں خواب منت کش تعبیر نہ ہوگا! میں ۲۴ گھنٹہ انتظار کرنے کے بعد اس طرح روپوش ہو جاؤں گا کہ انشاء اللہ تعالیٰ تمام عمر آپ کو پتہ بھی نہ مل سکے گا۔''

کچھ ہی دیر بعد جواب آیا۔

''آپ خفا نہ ہوں، پھول بھیجا جاتا ہے مگر باسی ہے!''

میں نے بڑی سرمستی و خوشی سے لکھا۔ ''کچھ پروا نہیں۔ میں اِسی پھول کو خونِ دل سے سینچ کر پھر تر و تازہ کر لوں گا!'' اسی دن بیگم صاحبہ کو بھی اطلاع ہوگئی اور... اور... آج تک وہ پھول میری دستار کا زیب ہے اور بحمدہٗ اب تک تر و تازہ ہے:

اُن کے گلے کے باسی ہار، دیتے ہیں بوئے جانفزا
جن پر خزاں سی آ چلی، ہیں وہی گل بہار پر!

www.ingramcontent.com/pod-product-compliance
Lightning Source LLC
LaVergne TN
LVHW010833051026
849532LV00007B/2685